GAROTA ASSOMBRA GAROTO

CESAR VITALE

TRADUÇÃO SANDRA MARTHA DOLINSKY

GAROTA ASSOMBRA GAROTO

COPYRIGHT © FARO EDITORIAL, 2025
TEXT © 2024 FIFTH SEASON
FIRST PUBLISHED IN THE ENGLISH LANGUAGE IN 2024
BY AMULET BOOKS, AN IMPRINT OF ABRAMS, NEW YORK.
TÍTULO ORIGINAL EM INGLÊS: GIRL HAUNTS BOY
(ALL RIGHTS RESERVED IN ALL COUNTRIES BY HARRY N. ABRAMS, INC.)

Todos os direitos reservados.
Nenhuma parte deste livro pode ser reproduzida sob quaisquer meios existentes sem autorização por escrito do editor.

Diretor editorial **PEDRO ALMEIDA**
Coordenação editorial **RENATA ALVES**
Assistente editorial **LETÍCIA CANEVER**
Tradução **SANDRA MARTHA DOLINSKY**
Preparação **NATHÁLIA RONDÁN**
Revisão **CARLA SACRATO**
Imagens de capa e miolo **FIFTH SEASON | ABRAMS**
Design de capa **DEENA MICAH FLEMING**
Diagramação e adaptação de capa **VANESSA S. MARINE**

Dados Internacionais de Catalogação na Publicação (CIP)
Jéssica de Oliveira Molinari CRB-8/9852

Vitale, Cesar
　　Garota assombra garoto / Cesar Vitale ; tradução de Sandra Martha Dolinsky. — São Paulo : Faro Editorial, 2025.
　　192 p.

　　ISBN 978-65-5957-779-8
　　Título original: Girl Haunts Boy

1. Ficção brasileira I. Título II. Dolinsky, Sandra Martha

25-0243　　　　　　　　　　　　　　　　　　　　　　　　CDD B869.3

Índices para catálogo sistemático:
1. Ficção brasileira

1ª edição brasileira: 2025
Direitos de edição em língua portuguesa, para o Brasil, adquiridos por FARO EDITORIAL.
Avenida Andrômeda, 885 - Sala 310
Alphaville — Barueri — SP — Brasil
CEP: 06473-000
www.faroeditorial.com.br

CAPÍTULO 1

Bea

Morri no Halloween de 1928, na esquina da Main com a Third Street, em Spectral Valley, Nova Jersey, vítima de um guia turístico chato e um anel de um tom verde esmeralda que chegava a doer os olhos, roubado por engano e sem querer pela minha pessoa, da ala do Egito Antigo do Museu de Arte e História da cidade. Sei que parece loucura, mas é a mais pura verdade. Vou contar para você me entender:

O anel acabou no meu bolso naquela tarde porque me afastei do grupo da minha escola e entrei em uma área fechada do museu, fiz isso para tentar proteger o guia turístico já mencionado e impedir que ele acabasse levando uma surra minha com uma daquelas estátuas, relíquias, armas antigas ou faqueiros do próprio museu, porque, caramba, aquele homem estava me matando de tédio com cada palavra monótona que saía de sua boca. Não aguentava mais, então, para sua própria segurança, afastei-me dos outros alunos quando ele e a sra. Edwards estavam distraídos e fiquei um tempo vagando por ali sozinha. E sim, tá bem, talvez, é provável que eu tenha passado por uma placa grande e impossível de não ver que dizia NÃO ENTRE. FECHADO PARA REFORMA. PROIBIDO ACESSO AO PÚBLICO e acabei em uma área deserta, mal iluminada e empoeirada do museu, sozinha.

Mas eu não estava planejando roubar nada! Só queria passear um pouquinho. Já havíamos tido muitas palestras chatas na escola sobre pessoas mortas, precisava mesmo o guia cansar minha beleza buzinando a mesma coisa no nosso ouvido na excursão ao museu? (Parece brincadeira, mas ele mesmo estava quase dormindo ao som das próprias palavras.)

Depois daquela placa de NÃO ENTRE que tenho 100% de certeza de não ter visto e de, portanto, não ser culpada por desrespeitar, eu me vi em uma sala mal iluminada e cavernosa que cheirava a poeira e a verniz de madeira. Artefatos de todos os tamanhos cobriam as paredes, alguns atrás de vidro, outros embaixo de lençóis brancos. Os que não estavam cobertos pareciam ter a temática do Egito Antigo: baixos-relevos, rolos de papiro, pedras com hieróglifos entalhados em pedra… A escuridão e o silêncio da sala deixavam tudo ao meu redor com uma energia estranha; como se milhares de anos de história estivessem prestes a reaparecer a qualquer minuto, prontos para se libertarem com um simples toque, como esporos ou aquelas plumas brancas do dente-de-leão.

Talvez fosse só a emoção de estar em um lugar onde não deveria.

O anel estava na ponta da sala, em uma prateleira que quase não dava para ver atrás de um canto da parede. Nem teria visto se não fosse pelo brilho verde que emanou dele assim que passei. Fui até lá, parei e o encarei.

Estava sob uma redoma de vidro e, a princípio, parecia um anel qualquer. Uma faixa de ouro entalhada com primor segurava uma enorme pedra preciosa verde que presumi ser uma esmeralda. Mas poderia ser qualquer outra coisa; afinal, até parece que eu entendo de esmeraldas. Meus pais eram músicos e não tínhamos dinheiro para comprar joias. Só que ao contrário de um anel qualquer; seu brilho parecia ser mais intenso que o normal, como se estivesse no sol, apesar da escuridão da sala.

Pois bem, como já disse, não sou uma ladra. Sério, de verdade. Meus pais me criaram para estudar muito, amar a música e nunca roubar ou infringir a lei de forma alguma, e embora eu admita que nem sempre fui de obedecer de primeira, na segunda e na terceira nunca falhei. Pelo menos era assim, até aquele maldito anel.

Não sei por que fiz aquilo, mas o fato é que tentei mover a redoma e descobri que não estava trancada. Então, tirei o anel de dentro. Só para ver mais de perto e colocar de volta em seguida, eu juro! E foi quando percebi que não era um… e sim dois. Um tinha a pedra preciosa verde e estava conectado a um segundo anel, um aro de ouro com uma espécie de entalhe circular em cima, onde a esmeralda do outro se encaixava. Como peças de um quebra-cabeça. Como se um fosse uma chave e o outro uma fechadura.

Aproximei a pedra preciosa dos meus olhos e a observei de vários ângulos. Era linda e brilhante, e quanto mais olhava para ela, mais tinha a impressão de que estava tentando *falar* comigo. Sei que parece absurdo, mas é verdade, então me deixa. Como se houvesse algo *vivo* ali, que tivesse *ciência* de mim e quisesse desesperadamente me dizer para...

— Ei, você! O que está fazendo aqui?!

Ergui os olhos e, por instinto, escondi o anel às costas. Um segurança careca de bigode grosso se aproximava; a luz de sua lanterna balançava à frente dele a cada passo. Ele não parecia muito simpático.

— Quem, eu? — perguntei, bancando a garota ingênua.

— Esta área do museu está fechada. Não viu a placa?

— Placa? Que placa? — eu disse rápido. — Nossa, acho que não vi, não, senhor. Vi um baixo-relevo de uma cabra com uma aparência muito suspeita e várias estátuas de pessoas com cabeças de pássaros carrancudas, mas não vi placa nenhuma.

— Você está com a escola, não é? Venha, vamos voltar para o seu grupo — disse ele, pousando a mão em meu ombro.

Olhei para a redoma. Eu *queria* devolver o anel que estava em minha mão ao seu par, fechar a redoma e seguir a vida, mas não podia fazer isso com o senhor "você não viu a placa" parado bem ao meu lado sem que ele visse e presumisse que eu estava tentando roubar aquela coisa (só para constar, mais uma vez: eu não estava tentando roubá-lo!).

— Vamos — repetiu ele, impaciente.

— Tudo bem, vamos — eu disse. — Mas poderia fechar os olhos rapidinho? Confie em mim, vai valer a pena.

— Por que eu faria isso?

— Se você realmente confiasse em mim, não precisaria perguntar, não é?

Não só ele não fechou os olhos, mas me encarou.

— É um truque de mágica — tentei mais uma vez. — É muito bom. De verdade, coisa de Harry Houdini.

Mesmo assim, nem diante da promessa de uma mágica do nível de Harry Houdini, ele fechou os olhos!

— Poxa está me deixando em uma saia justa, amigão — implorei uma última vez. — Não dá para fechar os olhos só um pouquinho?

— Vamos.

Gentilmente, mas com firmeza, ele cutucou meu ombro, me guiando rumo à saída.

Dei um passo à frente e, olhando uma última vez para a redoma e o outro anel que ainda estava lá, aceitei que minha única alternativa era lidar com esse problema mais tarde.

E então, para que o homem não visse o que eu escondia às costas, coloquei o anel no bolso e deixei que ele me levasse de volta para o meu grupo, onde continuei ouvindo o Homem Mais Chato da Face da Terra falar das vidas passadas do mármore com todo o entusiasmo de um narrador de corrida de tartarugas.

— Então, o que você encontrou? — perguntou Nelson quando voltei ao grupo e passávamos por umas esculturas gregas desmembradas tão brancas que quase brilhavam, em direção à sala ao lado.

Nelson era meu melhor amigo. Ele tinha dezessete anos como eu e estava no último ano da Spectral Valley High. Ao contrário de mim, ele adorava coisas chatas, era todo certinho, e por isso tinha se recusado a me acompanhar na pequena expedição à área do Egito Antigo quando perguntei se queria vir comigo.

— O que eu encontrei? Vejamos... Ah, sim! Um portal para outra dimensão — disse. — Uma terra mágica chamada Nelsonville, onde todas as pessoas chamadas Nelson ganham um milhão de dólares e doces grátis para sempre. Mas agora está fechado. Se tivesse ido comigo...

— Parece que o segurança do museu seguiu você até Nelsonville e a trouxe de volta — disse ele, olhando para o guarda careca que se afastava de nós. — Ele leva o trabalho muito a sério.

— Este lugar está cheio de mala sem alça — eu disse, fazendo uma careta para o segurança, que estava de costas. — Pelo menos vai ter um a menos depois que você for embora.

— Cale a boca, isto é interessante — disse Nelson, referindo-se ao discurso que o guia turístico dava enquanto gesticulava em direção a uma fileira de colheres atrás de um vidro.

— ...este conjunto específico de talheres foi usado pela Família Real Holandesa do século XIII para...

— Meu Deus do céu, Nelson, colheres! — sussurrei. — Estou prestes a desmaiar de tanta animação.

Nelson me lançou um sorriso e sacudiu a cabeça. O guia prosseguiu. Próxima parada: garfos.

Ai, haja paciência!

* * *

Saímos, e quando estávamos todos reunidos em volta da sra. Edwards, no fim da escadaria do museu, enfiei as mãos nos bolsos para protegê-las do ar frio. Meus dedos tocaram algo metálico. Fiquei confusa por um segundo, até que me lembrei:

Ah, é mesmo...

Estava tão absorta em não morrer de tédio lá dentro que esqueci do anel. Um anel talvez de valor inestimável e uma relíquia arqueológica que eu tinha tirado do museu e estava prestes a levar para casa comigo. Sabe como é, meio que um crime.

— Organizados, todos, sigam-me — disse a sra. Edwards, nos chamando com a mão em sua direção.

Olhei em volta e, depois de ter certeza de que ninguém estava olhando, tirei o anel do bolso. Estava pronta para voltar, dar uma desculpa qualquer ao segurança para justificar o fato de ter um item do museu comigo e dizer que queria devolvê-lo (*Socorro, alguém colocou isto em meu bolso!* ou algo assim. Sou ótima em improvisar) quando, mais uma vez, eu me vi encarando aquela coisa, como se ela me chamasse com seu brilho.

Era *tão* verde! Um verde incomum. A coisa mais vívida e de um verde mais profundo que eu já tinha visto. Brilhava, cintilava e emitia um milhão de pequenas luzes, como se refletisse o sol, apesar de ser um dia nublado.

— Por aqui; e olhem para os dois lados antes de atravessar! — ecoou a voz da sra. Edwards de algum lugar que parecia a um milhão de quilômetros de distância.

Senti que eu ia diminuindo a velocidade, até que parei, mal percebendo que Nelson e os outros continuavam andando, seguindo a sra. Edwards até o outro lado da rua.

Por que é tão verde? E tão brilhante?
Por que não consigo parar de olhar para ele?
E por que parece que está olhando para mim?

Pensando bem, acho que ouvi o bonde chegando. Inconscientemente, digo. Acho que me lembro dos sinos e das batidas repetitivas nos trilhos ficando mais altas, e do estrondo sob meus pés; mas tudo parecia distante, abafado, sem importância.

Nada mais importava naquele momento. Nada além do anel.

Então, em algum lugar além dos horizontes distantes de meus sentidos, de volta ao mundo real que me cercava, ouvi a sra. Edwards gritar meu nome.

Ergui os olhos e voltei a mim: me dei conta de que estava parada no meio da rua, os trilhos do bonde sob meus pés, Nelson e os outros alunos olhando horrorizados do outro lado da calçada, o estrondo metálico alto se aproximando rápido.

— Bea, cuidado! — gritou Nelson.

Eu me virei e o bonde estava bem na minha frente.

Se você nunca foi atropelado por um bonde, vou contar uma coisa: Dói. À beça.

Mas não por muito tempo.

Morrer atropelada por um bonde é mais ou menos assim:

Ah, não! AAAAAH! Ugh.

E foi assim que aconteceu. Foi assim que um guia turístico chato, um desvio não planejado dentro do museu da minha cidade natal e um anel misterioso conspiraram para provocar a série de eventos que me levaram a ser assassinada por um bonde indiferente, insensível e — pode acreditar — *muito* pesado. Foi assim que Beatrix Jenkins morreu, aos dezessete anos, pobrezinha.

E diga-se de passagem: morrer foi *muito* estranho.

Mas não tão estranho quanto o que aconteceu depois.

CAPÍTULO 2

Cole

Minha primeira impressão de Spectral Valley, Nova Jersey, foi de uma cidade atrasada. Foi essa a palavra que me veio à mente enquanto minha mãe dirigia o caminhão de mudanças alugado pela rodovia, passava pela placa cafona de boas-vindas e pegava as ruas com fileiras de lojas fechadas beges demais e comércios de família que formavam, como presumi, a área central da cidade. Atrasada. Silenciosa. De classe média. E pequena, pitoresca, pacífica, ordeira e tranquila. Todas essas palavras poderiam muito bem descrever Spectral Valley. Nova York, por outro lado, de onde minha mãe e eu saímos, era rápida, barulhenta, caótica, grande, luminosa, movimentada e…

— Coooole!

Eu me virei e tirei os fones de ouvido.

— Nossa, mãe, por que está gritando?

— Eu não estava gritando nas seis primeiras vezes que tentei chamar você — disse minha mãe.

Pausei a música de meu celular antes que ela começasse mais um sermão por causa do volume.

— Diga.

Ela apontou para a paisagem urbana pela janela enquanto parávamos em um sinal vermelho.

— O que acha?

Dei uma olhada pela rua arborizada quase vazia, silenciosa, sob o sol tênue de outono. *Atrasada. Pitoresca. Desinteressante. Bem diferente de Nova York.* Vi uma loja fechada com uma placa que dizia LIVRARIA DO SOBRENATURAL DE SPECTRAL VALLEY.

— É simpática — eu disse, por fim. — Como uma canção de Bruce Springsteen.

— Tudo é uma canção para você — disse mamãe, esboçando um sorriso.

Não era bem verdade, mas eu não disse nada. *Algumas* coisas eram canções; outras eram álbuns inteiros. Outras ainda eram refrões, ou versos, ou acordes soltos.

Por exemplo: antes, em Nova York, sempre pensava na minha vida como um acorde de sétima. Como um lá maior com sétima. Ou um si maior com sétima. Ou um dó maior com sétima em uma escala de fá. Um acorde de sétima é feliz, como qualquer acorde maior; é emocionante, animado, otimista. Mas a sétima nota é ligeiramente dissonante; ela não *combina* com o resto tão bem quanto as outras notas. Se destaca só um pouquinho. O acorde continua alegre, mas com essa dissonância ali, surge algo mais: intriga, mistério e suspense suficientes para sugerir algo inesperado. Uma promessa de que coisas interessantes estão por vir. Por isso no Blues se usa acordes de sétima o tempo todo — e é parte da razão pela qual pessoas como B. B. King, Stevie Ray Vaughan e Robert Johnson são tão bons de se ouvir. Damos o play e nunca sabemos aonde esses caras vão nos levar, e mal podemos esperar para descobrir.

Pois era assim que eu enxergava a vida em Nova York até o começo deste ano: radiante, animada e cheia de possibilidades.

Foi então que tudo aconteceu. De repente, qualquer lembrança de otimismo, de felicidade, ou a perspectiva de um futuro brilhante em nossa vida em Nova York pareceu evaporar em um piscar de olhos. A casa ficou calada. Durante semanas, quase nenhuma palavra foi dita entre suas paredes. Até Norman, nosso gato rabugento e arrogante da raça *Scottish Fold*, pareceu notar que tinha algo errado em nossa família.

Mamãe tentou falar comigo naqueles primeiros dias. Tentou conversar, compartilhar a dor, mas eu não deixei. Sempre que o assunto surgia, eu fazia de tudo para falar de outra coisa. Dava desculpas, mencionava algo da escola que não tinha nada a ver ou saía de perto.

Sabia que ela tinha boas intenções ao tentar me fazer falar sobre o assunto, mas a verdade é que, quando uma pessoa morre, não tem nada que alguém possa dizer que vá trazê-la de volta, por isso, eu não via sentido naquilo. Quando a pessoa morre, morre para sempre, e falar nisso não a trará de volta. Então, por que falar nisso? Do que adianta ficar chorando o leite derramado? Ou pior, chegar ao absurdo de tentar transformar a morte em algo bom, como algumas pessoas fazem. Dizer que o falecido teve uma vida boa, que foi amado e que o importante é o impacto que causou nas pessoas que ficaram. Certo, claro, tia Barbara, mas você tem que dizer isso porque não pode dizer "Bem, o fato de que todos nós morreremos um dia faz tudo perder o sentido. Acho que a vida não passa de uma sala de espera do esquecimento" no funeral de meu pai, não é? Por mais que seja assim que todo mundo deva se sentir o tempo todo.

— Gostou?

Paramos perto de um sobrado velho, de estilo colonial holandês, na esquina de uma rua residencial tranquila.

— Vamos morar aqui? — perguntei.

— Vamos — disse mamãe. — Pensei que teríamos que ficar no apartamento da universidade um tempo, mas encontrei esta casa tão rápido, e o preço era tão bom... não tem nada de errado com ela, o inspetor verificou. Mas a corretora parecia estar com pressa para se livrar dela.

Olhei para aquela casa imponente que projetava sua sombra de fim de tarde sobre nosso carro, as árvores e a rua ao redor.

— Por que será? — eu disse, descendo do caminhão e indo em direção à nossa nova casa.

CAPÍTULO 3

Bea

Estava presa embaixo de um bonde depois de ser atropelada, e nem um pouquinho confortável, então, num piscar de olhos, estava em meu quarto.

Quer dizer... *será que era mesmo meu quarto?* Sem dúvida, o espaço parecia com meu quarto, mas todos os meus móveis tinham sumido e tinha caixas de papelão cheias de livros e outras coisas que eu definitivamente não reconhecia como minhas espalhadas por todo lado.

O mais estranho era que tinha outra pessoa lá comigo. Uma garota de uns doze, talvez treze anos. Ela estava de costas para mim, agachada em frente ao armário, vasculhando meu pequeno compartimento secreto que ficava atrás da parede falsa do fundo.

— Oi — arrisquei, ainda tentando entender que diabos tinha acontecido comigo.

Como eu tinha sobrevivido àquele bonde? Onde estava o resto do pessoal? E como eu estava em meu quarto, e não no museu, ou pelo menos no hospital?

A garota não respondeu. Eu a observei mais atentamente; ela tinha uma coisa branca, que parecia de plástico, presa em ambas as orelhas. Dei um passo em sua direção e tentei de novo.

— Com licença... mocinha?

Nada. Ela balançava a cabeça como se ouvisse música. Mas não tinha música tocando em lugar nenhum.

Na verdade... tinha música, sim. Bem fraquinha, e saía daquelas coisinhas de plástico que ela tinha nas orelhas! *O que eram aquelas coisas?*

Eu me aproximei, fiquei em pé ao lado dela; e quando fiz isso, notei, no dedo médio de sua mão esquerda...

— Esse é o anel do museu? — perguntei.

A garota continuava me ignorando, mas não tinha dúvidas. O aro dourado, aquela esmeralda verde e incrivelmente brilhante... Era o anel.

E não só isso. Como eu estava mais perto dela, pude ver que ela estava mexendo nas minhas coisas do compartimento secreto! Ali, dentro de uma caixa de papelão, estavam meus discos, alguns livros, minhas bugigangas e inclusive o velho álbum de fotos. Só que, diferentemente das coisas novas e brilhantes das outras caixas ao nosso redor, tudo ali parecia velho, empoeirado e amassado.

— Oi — tentei pela terceira vez. — O que você fez com as minhas coisas? O que...

Ouvi a porta se abrir atrás de mim e me virei. Vi uma garota mais velha, mais ou menos da mesma idade que eu, na porta.

— Jess, ande, todo mundo já terminou, menos você!

— Ei, com licença — eu disse, falando com a garota mais velha, que passou direto por mim.

Literalmente. Passou direto por mim. Atravessou meu corpo.

Foi uma sensação fria e estranha — e, ouso dizer, vagamente esfuziante, como eletricidade estática —, e, naturalmente, completa e ridiculamente surreal. Eu me virei e a garota simplesmente seguiu seu caminho, sem o menor sinal de que **a)** tinha me visto ou **b)** tinha ultrapassado o véu de nossa realidade compartilhada ao passar através de outro ser humano em seu caminho.

— Ei, garotas! — tentei, mais uma vez e nada.

Olha, pensando bem, sei que já deveria ter percebido, àquela altura, que já era — que tinha ido dessa para a melhor, batido as botas, que estava descansando em paz, comendo capim pela raiz, dormindo o sono eterno, mortinha da silva etc. —, mas aceitar a própria morte, no começo, não é tão fácil, pode acreditar. Eu preferi acreditar, naquele momento em particular, que de alguma forma as pessoas atravessavam o corpo físico dos outros o tempo todo, e que simplesmente nunca tinha acontecido comigo; só isso.

— Ei — disse a garota mais velha, cutucando o ombro da mais nova e puxando uma daquelas coisinhas de plástico da orelha dela. — Alô, alô, planeta Terra chamando!

— Olhe só — disse a garota mais nova, Jess, pelo visto, mostrando o anel em seu dedo. — Encontrei tudo isto aqui atrás da parede do armário. O tempo todo em que moramos nesta casa, nunca soube que essas coisas estavam aqui.

— Nossa, que legal! Agora, coloque todas essas coisas velhas e assustadoras de volta aí e termine de encaixotar suas coisas; senão, mamãe disse que o caminhão de mudança vai embora sem você.

A garota mais velha deu meia-volta e, de novo, não deu nenhuma indicação de que podia me ver. Mas eu saí do caminho dessa vez. Não estava a fim de me sentir *atravessada* de novo.

Eu me virei para a jovem Jess, que observou o anel em seu dedo por mais um segundo e deu de ombros, tirando-o e o colocando de volta na caixa com o resto das minhas coisas.

Ela se virou e — ora, ora, quem diria — não me viu; nem um pouquinho.

* * *

Descobri algumas coisas depois que as garotas foram embora. A primeira foi que eu não conseguia mais tocar as coisas como antes. Quando fiquei sozinha no quarto, tentei pegar o anel da caixa, mas meus dedos o atravessaram. Tentei uma e outra vez, até conseguir empurrá-lo um pouco. Então, depois de me concentrar um pouco mais, finalmente consegui levantá-lo por um segundo, e isso me deu esperanças de que, seja lá o que for que aconteceu comigo, talvez fosse temporário, ou pelo menos não tão definitivo quanto parecia no início.

Depois, descobri que não podia sair de casa. Desci a escada e passei dez minutos tentando abrir a porta da rua, e quando finalmente consegui, assim que ameacei sair, fui imediata e agressivamente empurrada para trás por algo que só posso descrever como uma força invisível, mas muito determinada. Caí com força no chão. Tentei de novo, com o mesmo resultado, sem tirar nem pôr. Então, tentei sair pela janela, e fui recebida com o mesmo empurrão invisível e indelicado, e decidi que estava cansada de cair de bunda no chão e que teria, pelo menos por enquanto, que tentar descobrir o que estava acontecendo de dentro de casa mesmo.

Mas vamos começar pelo mais importante: meus pais sumiram. Não fazia ideia de onde eles estavam. As garotas de antes tinham ido embora, e então, eu fiquei sozinha em casa. E além de tudo, o lugar em si estava diferente. Não tinha quase nenhum móvel, o grande lustre da sala de jantar tinha sumido e o piso estava todo diferente e escorregadio. Não sei como explicar isso, só sei dizer que a casa parecia ser muito mais velha e muito mais nova ao mesmo tempo. Os cheiros, a cor das paredes, as torneiras e interruptores e até os vasos sanitários dos banheiros — tudo me parecia estranho e tinha um formato esquisito.

Ouvi um barulho, como o rugido de um automóvel, e fui até a janela. Olhei para fora a tempo de ver, afastando-se da casa, algo que me pareceu o maior e mais estranho caminhão do mundo. Era grande, esquisito, pesado e de aparência densa. Não estou brincando, aquilo não parecia um caminhão, e sim uma nave alienígena! E logo atrás dele tinha outros — eu supunha que eram *automóveis*, embora não parecessem muito, para mim — passando pela rua, que era toda estranha e lisa.

Eu me virei de frente para a sala de estar.

— Tá, já perdeu a graça! — gritei para ninguém em particular, olhando ao redor. — O que está acontecendo aqui?!

Esperei, como se de alguma forma a casa, ou as janelas, o novo piso, a falta do lustre, os carros alienígenas lá de fora, o próprio universo fosse falar comigo. Mas nada respondeu.

Então, só me restou sentar no chão e chorar.

* * *

Tudo começou a fazer sentido algumas semanas depois. Estava no meu antigo quarto, no andar de cima, quando ouvi a porta da frente abrir. Desci e encontrei uma mulher vestindo um terno estiloso, conduzindo um jovem casal à sala de estar. Parei no meio da escada, observando os três que entravam e olhavam ao redor, analisando a casa.

— ...o bairro é ótimo para crianças, e é um distrito escolar fantástico — disse a mulher de terno.

Parecia estar mostrando a casa para o jovem casal.

— Olá, eu sou Bea — eu disse, sorrindo e descendo a escada devagar, um degrau de cada vez. — É apelido de Beatrix. Beatrix Jenkins. Prazer em conhecê-los.

Era possível que eu estivesse perdendo um pouco o juízo naquela época. Eu estava sozinha há semanas. E presa em casa. Sem falar no fato de ser imaterial. Quem pode me julgar?

— ...a cozinha acabou de ser reformada, está linda, e tem tanto espaço no balcão que você não vai saber o que fazer com ele...

— Não que isso importe, porque nenhum de vocês pode me ouvir! Ou talvez possam, e todo mundo decidiu fazer a pegadinha mais cruel do mundo comigo.

— ...tem outro casal que está muito interessado; sem pressão, mas...

— Ou talvez eu esteja em coma e não consiga acordar e esteja sonhando com tudo isto; ou vai ver estou em um conto de terror, fui mordida por um camaleão radioativo e agora tenho o poder de me camuflar, que usarei para combater o crime!

Eu tinha melhorado minha "concentração para poder tocar nas coisas", a ponto de já conseguir sem pensar muito. Por isso, quando cheguei à porta da rua com minha pose boba de "Garota Camaleoa Combatente do Crime", dei um chute no cabideiro e realmente o acertei, forte o suficiente para fazê-lo balançar e bater na parede, provocando um barulho alto, e o casaco da moça escorregou e caiu no chão.

Todos pararam de falar, viraram-se e olharam para mim; ou melhor, através de mim e ao meu redor, para tentar encontrar a fonte do movimento repentino e inexplicável de um cabideiro naquela sala que parecia estar vazia.

Fiquei parada, congelada em minha pose de artes marciais, esperando para ver o que fariam.

— Deve ter passado um caminhão grande — disse a moça de terno, com um sorriso forçado.

O casal riu e a tensão se dissipou.

— Vamos ver a cozinha? — prosseguiu a jovem, e os três seguiram pelo corredor.

— Não parecia um caminhão passando — sussurrou a mulher grávida a seu companheiro enquanto se afastavam de mim.

— Talvez a casa seja mal-assombrada — respondeu ele, sorrindo.

Fiquei ali, lentamente descendo meu pé até o chão, observando enquanto eles viravam em um canto em direção à cozinha. Fui me dando conta devagar, até que, de repente, consegui colocar os pontos nos is:

— A casa é mal-assombrada — repeti para mim mesma. — A casa é mal-assombrada.

Eu me encostei na parede e fui deslizando até o chão. E ri, não sei se por desespero ou outra coisa.

— Pelo amor de Deus, estou assombrando a casa!

CAPÍTULO 4

Cole

Depois que o pessoal da mudança foi embora, mamãe e eu passamos a manhã toda e a maior parte da tarde abrindo caixas, subindo e descendo a escada velha que rangia, parecia que nunca terminaríamos de desencaixotar nossas coisas na casa nova.

Por "nova" quero dizer quanto à nossa experiência com ela, na verdade. A casa era velha. Bem velha. A corretora disse a mamãe que tinha sido construída na virada do século XX e que fora habitada por diferentes famílias até mais ou menos seis meses atrás, quando foi colocada à venda, até aceitarem sem nem pensar duas vezes nossa oferta tão abaixo do preço.

— Talvez tenha sido construída em cima de um cemitério indígena amaldiçoado — eu disse, descendo a escada enquanto mamãe subia. — Por isso a corretora queria tanto se livrar dela.

— Talvez as pessoas só não gostem de morar em casas antigas por aqui — respondeu mamãe.

— Talvez as pessoas não gostem de morar em Spectral Valley...

Mamãe se calou um instante.

— Cole... — começou, naquele tom que eu já conhecia bem.

— Desculpe, não sei por que eu disse isso. Na verdade, eu até que gosto daqui — me apressei em dizer. — É pitoresco, sério. Além disso, a qualidade do ar deve ser melhor que em Nova York, não é?

— Se não der certo, podemos ir embora, Cole — prosseguiu mamãe. — Eu só pensei que... sabe... depois do que aconteceu, seria bom para nós uma mudança de ares.

Ah, pronto, já ia começar.

— Tá... — eu disse, olhando para o saguão, louco para sair dali. — Concordo demais, mudar é bom. Antigamente se colocava heroína em xarope para crianças. Por que será que pararam, hein?

— Sabe, seu pai teria gostado...

— Tem um banheiro lá embaixo, não tem? — Desci a escada correndo e sumi na cozinha.

Uma péssima jogada, eu sei. Mas como eu disse, as pessoas não voltam dos mortos só porque ficamos falando delas; então, por que ela tinha que ficar tocando nesse assunto o tempo todo? Eu estava bem, e mamãe também! Por que nós dois não podíamos só... continuar fazendo a mesma coisa de antes? Que era tocar a vida em uma casa nova, em uma cidade nova, e nunca mencionar o fato de que uma bela manhã, cinco meses e uma semana atrás, papai estava alegremente correndo na esteira em nosso apartamento em Nova York como se tudo no universo fizesse sentido e, de repente, seu coração decidiu "para mim chega". E então, tudo que ele já foi, viu, amou, pensou, cheirou, ouviu, sentiu, viveu e experimentou ficou enterrado embaixo da terra para sempre, e nunca na história da humanidade teria volta, porque a vida é uma merda, depois você morre e fim.

Tudo bem... talvez eu não estivesse *tão* bem assim. Mas eu imaginava que era mais uma questão da "condição humana", não uma exclusividade de "Cole Sanchez", então não tinha nada que mamãe pudesse dizer que ajudaria.

* * *

O primeiro fenômeno inexplicável foi um barulho; só umas batidas baixinhas, como se alguém estivesse batendo na parede do outro lado da minha cama enquanto eu terminava de guardar no armário as últimas camisetas da minha banda.

Eu me virei, mas não tinha nada. Por isso, atribuí o barulho ao encanamento velho ou coisa do tipo e vida que segue.

Na manhã seguinte, acordei com um acorde em mi menor tocado em meu violão; eu tinha certeza. Eu me sentei na cama e me virei para ele, confuso; estava ali, no suporte, bem onde tinha deixado na noite anterior. Em silêncio. Não estava tocando sozinho.

Imaginei que tinha sonhado com o som e voltei para a cama.

O terceiro aconteceu durante o jantar, domingo à noite, pouco antes de meu primeiro dia de aula. Mamãe e eu estávamos comendo e conversando sobre qualquer coisa que não fosse papai, quando ouvi um baque lá de cima.

— É Norman? — perguntou mamãe, e olhou ao redor procurando nosso gato mal-humorado.

— Acho que não...

Subi a escada e fui para meu quarto; encontrei meu mural de fotos no chão. Era uma peça antiga de parede que eu tinha trazido de Nova York, cheia de fotos de Polaroid minhas e de meus velhos amigos de lá, além de ingressos de shows memoráveis que eu tinha guardado para a posteridade (Death Cab for Cutie, Muse, Anderson. Paak — os três excelentes, recomendo muito) e uma única foto minha com papai. Estávamos tocando violão juntos. Mamãe a tinha tirado, em outra vida.

Eu me agachei e observei a foto. A despreocupação em nossas expressões, o sorriso no rosto dele e no meu. A ignorância do que nos esperava logo ali, em breve.

— Cole, está tudo bem aí em cima? — subiu a voz de mamãe.

— Tudo bem, mãe! — respondi, sem tirar os olhos da foto.

Senti algo roçar em minha perna; olhei para baixo e encontrei Norman me encarando.

— Foi você que fez isto? — perguntei, enquanto me levantava e colocava o mural de volta na parede.

Norman se virou para a parede oposta, onde eu tinha pendurado a maioria dos meus pôsteres de música. Sibilou agressivamente para um David Bowie antigo e sem maquiagem. Pelo menos, na direção dele.

— Que foi? — perguntei. — Você não é fã de Bowie?

Ele ficou só sibilando, furioso com aquele espaço vazio ao pé da cama.

Sacudi a cabeça, verifiquei para ver se o mural estava bem preso na parede dessa vez e saí.

Enquanto descia a escada, ouvi Norman sibilar mais uma vez. Então, ele passou por mim, como se estivesse fugindo de algo que estava no quarto.

CAPÍTULO 5

Bea

Demorei a me acostumar a ser um fantasma; e "me acostumar" custou muito choro, gritos e tentativas em vão de acordar daquele sonho que, por fim, tive que admitir não era sonho coisa nenhuma.

Ninguém aguenta chorar e gritar "não é justo que eu seja um fantasma!" para sempre. Um dia, a tristeza e o desespero acabaram substituídos por outra coisa: tédio.

Eu era uma jovem de dezessete anos vivinha da silva, fazendo uma excursão escolar ao museu, com toda a vida pela frente; e, de repente, estava incontestavelmente morta, era um fantasma preso em uma casa vazia — só eu, alguns móveis empoeirados e a caixa com minhas coisas no meu antigo quarto.

Não tinha nada para fazer.

E como não tinha nada para fazer, surgiram uns pensamentos bem desagradáveis. Passava longas horas considerando a realidade da minha situação e minhas perspectivas futuras. O que significava ser um fantasma? Eu era o *único* fantasma no mundo? Com toda a certeza, nem toda pessoa que morria virava fantasma, porque senão, haveria muitos mais como eu por aí. Então, por que eu? E, mais importante, se eu era realmente invisível e imaterial e não podia morrer de novo, visto que já tinha morrido uma vez, e não podia sair de casa por algum motivo... aquela seria minha existência para todo o sempre?

Deitada no chão encarando o teto, sacudi a cabeça, afastando esses pensamentos pela milionésima vez.

Urgente e decididamente, eu tinha que encontrar algo para fazer. Senão, enlouqueceria.

O entretenimento apareceu na forma daquela mulher de roupa estilosa, que logo descobri ser uma corretora de imóveis. Ela voltava toda semana depois daquele primeiro casal, sempre com pessoas novas, tentando vender a casa.

E pensei em dificultar um pouco o trabalho dela. Achei que seria do balacobaco.

Tá bem, talvez não tenha sido muito legal de minha parte, mas enquanto você não for atropelado por um bonde e ficar sozinho, assombrando sua antiga casa, tentando afastar pensamentos de horror existencial, não pode me julgar.

Eles vinham — uma sucessão de casais e famílias passeando pela casa enquanto a corretora bem-vestida exaltava suas características, indo de cômodo em cômodo falando sobre a fundação, o bairro, os balcões da cozinha... e então, invariavelmente, no auge do discurso dela...

...luzes piscavam. Ouviam-se fortes batidas nas paredes; arranhões na porta assim que passavam por ela. Até encontrei uma velha corrente de bicicleta no porão para chacoalhar, certa vez.

Os casais e as famílias inevitavelmente iam embora, talvez não lá muito convencidos de que a casa era, de fato, mal-assombrada, mas a mera possibilidade parecia ser mais que suficiente para impedir que a maioria das pessoas fizesse uma oferta pelo imóvel.

Exceto a professora. O nome dela era Katherine Sanchez — ouvi quando ela entrou e cumprimentou a corretora, que tinha chegado uns minutos antes, ansiosa, para ver se tinha tábuas soltas, correntes ou qualquer outra coisa que pudesse chacoalhar, bater ou fazer barulho. Katherine parecia ter uns quarenta e poucos anos, estava de calça de alfaiataria e uma blusa floral de cores vivas. Disse que era de Nova York e estava se mudando para Spectral Valley com o filho adolescente e que ia começar a trabalhar na universidade daqui.

A corretora mostrou a casa, nervosa e inquieta, olhando ao redor a cada rangido do chão e dobradiças da porta, até que chegaram à cozinha...

...onde eu tinha tirados os velhos talheres das gavetas e os colocado em cima da mesa formando as letras:

BUUU!

A corretora ficou paralisada ao ver minha exibição de arte fantasmagórica. Katherine, a professora, franziu a testa e perguntou:

— Que foi?

A corretora empalideceu, virou-se para a professora e, depois de um longo momento, deixou escapar:

— O que acha de vinte por cento de desconto?

— Sério?

— É que eu não quero entrar nesta casa de novo.

Tá, tudo bem, foi meio maldoso da minha parte essa história toda com a corretora. Desculpe. Mas ela sobreviveu (ao contrário de mim).

Mas enfim, a professora aceitou a oferta, e foi assim que arranjei com quem dividir minha casa.

* * *

Algumas semanas depois, sentada nos degraus no meio da escada, vi Katherine Sanchez chegar de vez, seguida por carregadores com caixas que não acabavam mais, para se mudar para sua nova casa mal-assombrada.

Atrás dos carregadores entrou um garoto, mais ou menos da mesma idade que eu. Era alto, tinha cabelos pretos ondulados e estava com uma camiseta igualmente preta com palavras sem sentido estampadas (o que seria Floyd e por que ele era Pink?), e carregava um violão. Parou bem na porta e olhou ao redor.

— Um músico... — eu disse comigo mesma (ora, isso dispensa comentários agora, não é?). — Interessante.

— Cole — veio a voz de Katherine do fundo da casa. — Seu quarto é lá em cima, no canto.

— Ta bem, mãe!

Ele ficou ali por um momento, observando a casa com um olhar triste, mordendo o lábio inferior.

Então, esse é o filho que ela mencionou à corretora de imóveis...

— Cole Sanchez — eu disse. — Prazer em conhecê-lo, eu sou Bea. Serei responsável pelas assombrações da casa.

Ele olhou em minha direção e, por um segundo, pensei que tinha me ouvido. Mas ele só foi até a escada e subiu, passando por mim e me provocando aquela sensação familiar e desagradável de frio esfuziante.

— Ei, ei, cuidado! — eu disse.

Mas ele seguiu seu caminho, me ignorando.

* * *

Meu novo companheiro de quarto, Cole Sanchez, não parecia muito divertido. Pelo menos não no começo. Depois de testemunhar uma breve interação entre ele e sua mãe sobre a hipótese de a casa ter sido construída em cima de um cemitério amaldiçoado (Será? Era por isso que eu estava presa ali em forma fantasmagórica? Eram tantas perguntas...), eu o segui até o quarto do canto. Parei na porta e observei por um tempo enquanto ele desencaixotava camisetas e as guardava no armário que tinha sido meu.

— Espero que reconheça que estou sendo legal permitindo que você use meu quarto — eu disse.

Mas ele continuou fazendo suas coisas, alheio à minha presença. Então eu disse:

— Ei!

Concentrei minha atenção, do jeito que tinha aprendido a fazer para tocar nas coisas, e bati na parede com força.

— Buuu, garoto!

Ele se virou e olhou para mim — ou melhor, em minha direção. Na verdade, estava olhando para a parede na qual eu tinha acabado de bater. Ele franziu a testa, se virou para o armário e me ignorou de novo. Não parecia muito assustado.

— Não tem graça assombrar você — eu disse, deixando cair os ombros.

Depois disso, tentei deixá-lo em paz. Ele parecia triste, caladão e sem vontade de fazer palhaçadas fantasmagóricas. Mas lhe dei alguns sustos acidentais; primeiro, quando estava observando seu violão chique enquanto ele dormia e toquei um acorde *bem* baixinho — só para ver como era! — e o acordei. Fiquei bem quietinha enquanto ele olhava em volta do quarto, confuso, tentando descobrir de onde tinha saído aquele som.

E depois de novo naquela noite; enquanto ele e a mãe estavam jantando, talvez eu tenha derrubado um mural de fotos da parede do quarto dele sem querer. Mas eu só estava tentando olhar as fotos! Eram *coloridas*, muito estranho aquilo. E tinha fotos de Cole com amigos, sorrindo, tocando instrumentos, aparentemente felizes. Nada parecido com o rapaz taciturno que tinha acabado de se mudar para minha casa.

Antes que eu pudesse colocar aquela coisa de volta na parede, Cole entrou no quarto. Ficou observando o mural de fotos no chão um tempão. Seus olhos se fixaram em uma foto dele com um homem mais velho — seu pai, presumi, mas não tinha a menor ideia de onde estava aquele homem.

Cole parecia muito triste. Então, ele pegou aquela coisa e a colocou de volta na parede enquanto eu estava ao lado da cama, observando-o.

Aí, o maldito gato entrou e começou a sibilar para mim.

— Ah, claro, *você* consegue me ver... — eu disse.

Ele sibilou de novo naquela linguagem dos gatos, como se dissesse: *Sim, misteriosa dama, agora quer fazer o favor de explicar que diabos está fazendo aqui?*.

— Que foi? — perguntou Cole ao gato. — Você não curte muito Bowie?

— Acho que ele está sibilando para mim, garoto — eu disse.

Ele ficou parado por mais um momento, demorando o olhar na foto do pai no mural, e então, saiu do quarto.

O gato continuou sibilando. Então, sibilei de volta e o bobinho saiu correndo.

CAPÍTULO 6

Cole

Meu primeiro dia na Spectral Valley High foi bom como todos os primeiros dias de aula para alunos novos — ou seja, de bom não teve nada. Entrei na sala, um simpático sr. Porter me apresentou brevemente a um grupo de cerca de trinta e cinco alunos que já se conheciam tinha quatro anos e certamente não tinham espaço em sua vida social para o "cara novo", me sentei no fundo e tentei ao máximo ser invisível dali em diante.

Por mim, tudo bem; não estava lá para fazer amigos. Também não estava lá para aprender sobre *O grande Gatsby*, que era o livro que minha turma de inglês estava lendo no momento, de acordo com o e-mail perturbadoramente animado que eu tinha recebido da escola no início do mês: *Bem-vindo, aluno novo. Aqui está a lista do conteúdo que estamos vendo!*. Eu já tinha lido *Gatsby* duas vezes. Graças ao fato de que minha mãe era professora universitária de literatura inglesa, minhas histórias de ninar eram todas Fitzgeralds, Brontës, Joyces, Faulkners e Morrisons.

Não, eu estava na Spectral Valley High — e, na verdade, em Spectral Valley — para sobreviver aos próximos meses da melhor forma possível. Não parecia muito promissor no momento, mas o que mais eu poderia fazer? Nunca mais sair da cama e passar o resto dos meus dias debaixo de um cobertor quentinho, tomando chocolate quente e assistindo a episódios antigos de *Futurama* em serviços de streaming piratas até que o mundo finalmente acabasse devido ao calor?

Pensando bem, *seria* incrível. Mas não muito prático. Além disso, acho que deixaria mamãe triste. Então, a alternativa era a escola.

— Os olhos de Eckleburg — disse o sr. Porter, depois que me acomodei no meu canto solitário e tirei meu exemplar antigo de *Gatsby* da mochila. — Sempre vigilantes — prosseguiu, caminhando devagar dentre as fileiras de alunos. — Como os olhos de Deus na sociedade americana. No caso de Tom e Myrtle. Na passividade de Nick. E nas festas de Gatsby, que certamente já fazem parte da consciência coletiva de nossa nação.

Ele prosseguia enquanto se aproximava de mim com aquela cara que os professores fazem quando vão pedir a participação do aluno novo porque acham que estão lhe fazendo um favor, ajudando-o a socializar e fazer amigos; mas que na verdade nos dão vontade de cavar um buraco e entrar dentro, para não ter que falar em público. Fiquei de cabeça baixa, torcendo pelo melhor.

— As chamadas *Festas de Gatsby* ainda são populares hoje em dia — prosseguiu o sr. Porter. — Na verdade, ouso dizer que alguns de vocês podem até ser convidados para uma neste próximo Halloween. Lindos eventos nos quais jovens se reúnem em salas com decoração Art Déco barata para beber álcool duvidoso de garrafas de destilados falsificados, passar vergonha ao dançar charleston e aproveitar o fato de que nenhum deles entendeu o romance mais famoso do sr. Fitzgerald.

Ele parou bem ao lado da minha mesa.

Ah, meu Deus.

Talvez ele só estivesse recuperando o fôlego. Talvez seguisse em frente. Talvez...

— Sr. Sanchez! — proclamou, alto, fazendo que todos os olhos pousassem sobre mim como mísseis, só esperando para disparar à primeira observação que saísse de minha boca. — Nosso recém-chegado de Nova York. Diga-nos — ele fez uma pausa para ficar mais dramático —, o que acha que as festas representam?

Por quê? Por que os professores fazem isso? Fica aqui meu pedido a todos os professores do ensino médio: por favor, entendam que o aluno novo e calado no fundo da sala, que ainda não conhece ninguém, está perfeitamente *feliz* e *confortável* sem conhecer ninguém ainda e não quer nada mais que sair da sala de aula no fim do dia tão invisível quanto entrou. O anonimato é sua zona de conforto. É o que lhes dá uma sensação de segurança. A única coisa que está entre eles e os horrores indizíveis da *atenção dos outros*. Se tiram isso dele, de repente não há nada entre ele e o abismo. O abismo horrível e indizível de ser notado.

Olhei do sr. Porter para o meu exemplar do livro e aos estranhos ao meu redor, que me olhavam esperando minha resposta.

— Eu não li o livro ainda, sr. Porter — murmurei baixinho.

Ele olhou de mim para o livro. Casualmente o folheou e, sem dúvida nenhuma, notou os destaques e anotações que eu tinha feito nas páginas quando li pela última vez.

O professor me observou por um segundo, e suponho que tenha deixado transparecer parte do desespero que fervilhava das profundezas da minha alma, porque depois de um momento ele sorriu, ergueu os olhos e disse:

— Alguém mais quer nos dizer o que pensa?

Ele se afastou e eu soltei um suspiro de alívio quando seus olhos não estavam mais em mim.

Felizmente, o sr. Porter não me fez mais nenhuma pergunta pelo resto da aula. Mas depois que o sinal tocou, enquanto os alunos passavam por mim e corriam para fora, ouvi sua voz me chamando enquanto eu fechava minha mochila:

— Sr. Sanchez, posso falar com você?

Fui até sua mesa enquanto os últimos alunos saíam da sala. Ele tirou os olhos de suas anotações e sorriu, levantando-se.

— Como está sendo seu primeiro dia, sr. Sanchez?

— Bom — dei de ombros.

— Que bom.

Ele pegou o resto de suas coisas, contornou a mesa e parou na minha frente.

— Por que mentiu quando o chamei?

— Como assim? — perguntei, apesar de saber exatamente do que ele estava falando.

— Seu livro está cheio de anotações e marcações. Você já leu *O grande Gatsby*. Mais de uma vez, eu diria.

Fiz que sim com a cabeça.

— Minha mãe é professora de literatura inglesa... Eu li *Gatsby* há muito tempo.

— Então, por que não disse nada quando perguntei sua opinião?

Fiquei calado por um breve momento.

— Não tinha nada de interessante para dizer, sr. Porter.

O sr. Porter olhou o exemplar amassado e marcado de *Gatsby* que eu tinha nas mãos.

— Algo me diz que não é bem assim.

— Deixa para lá — continuei. — Prefiro fazer as tarefas em silêncio e entregar tudo no final da aula. Eu não... — fiquei quieto por um instante.

— Não faço questão de socializar, participar e tal.

Ele me analisou por um momento.

— Sabe, eu era como você quando era jovem — disse por fim. — Sozinho o tempo todo, não era uma pessoa sociável, nunca dizia o que pensava porque tinha medo de como os outros poderiam reagir — ele sacudiu a cabeça. — É uma maneira muito sem graça de viver a vida.

Ele pegou seu casaco, finalmente, e se voltou para a porta. Então, se virou para mim de novo e disse:

— A pergunta que tem que se fazer, sr. Sanchez, é: você quer ser uma pessoa sem graça?

Sei que ele estava só tentando ajudar, mas a verdade é que, naquele momento, "sem graça" me parecia uma ótima opção, além de familiar e seguro. Eu *ansiava* por isso desde Nova York, e provavelmente nenhum papo motivacional de alguém com postura de sábio/benevolente mudaria isso tão cedo.

O sr. Porter abriu um sorriso gentil, deu meia-volta e saiu da sala de aula.

* * *

— Há morte ao seu redor.

A voz provinha de algum lugar à minha frente, e antes que eu pudesse erguer os olhos do meu celular, a garota se sentou diante de mim e começou a desembrulhar seu sanduíche casualmente, esperando minha resposta.

— Como é que é?

Estávamos no refeitório; eu tinha chegado cedo de propósito e escolhido uma mesa perto da cozinha, onde presumi — errado — que conseguiria comer meu sanduíche de peito de peru em paz.

— Seu pão — disse a garota e apontou com seu sanduíche para o meu. — Tem um buraco nele. Isso significa morte. Pode confiar, eu tenho sexto sentido.

Olhei para meu sanduíche. Lá estava, um buraquinho bem no meio.

— Um buraco no meu pão significa morte?

— Sem dúvida alguma.

— Isso significa que, tipo... eu vou morrer?

— Pode ser... — disse ela. — Pode ser que você tenha matado alguém. Ou que *vai* matar alguém. Ou pode ser que alguém que *já* morreu esteja influenciando sua vida.

— Também pode ser uma bolha de ar...

— Um buraco tão grande? Claro que não.

Ela deu uma mordida em seu sanduíche e sacudiu a cabeça, séria.

— Não. Um buraco tão grande definitivamente significa morte. Sou Lydia. Fazemos a aula do sr. Porter juntos.

Ela estendeu a mão; seu pulso estava coberto por uma quantidade absurda de pulseiras de contas coloridas.

— Cole — eu disse, e apertei sua mão.

Ela estava com um vestido soltinho, com estampa floral, e brincos de penas, e quase parecia que tinha chegado no refeitório direto de Woodstock, 1969.

— Precisa me deixar limpar sua aura um dia, Cole — prosseguiu Lydia. — Posso ver de onde vem essa coisa toda de morte ao seu redor.

— Ah, tá...

— Eu até poderia fazer uma limpeza rápida agora, mas precisaria de minhas ferramentas para fazer um trabalho adequado. Muitas coisas podem influenciar uma aura; a morte e coisas relacionadas à morte são apenas algumas delas. Há também maldições, pragas, feitiços, bruxaria, magia feérica...

Engoli uma mordida do sanduíche, ergui os olhos e, por um momento, observei aquela garota estranha.

— É sério que você acredita em todas essas coisas sobrenaturais? — perguntei, por fim.

— Não, claro que eu não acredito em todas essas coisas sobrenaturais.

— Ah, bom.

— Tipo, lobisomens, fantasmas e gênios, é claro que são reais.

Fiquei calado um instante:

— É claro.

— Zumbis, vampiros e múmias, mesma coisa. Dragões e duendes existiam, mas não existem mais, todo mundo sabe disso. Mas unicórnios e gigantes são totalmente faz-de-conta, não interessa o que esses fóruns de internet digam.

— Claro — eu disse, lentamente. — Fantasmas, gênios, lobisomens, não vou esquecer.

— E zumbis, vampiros e múmias, supostamente.

— Claro. Supostamente.

— Então... — Ela se inclinou para frente e sorriu. — Quer dar uma olhada no meu blog?

Ela me deu o nome e não tirou os olhos de mim enquanto eu digitava no navegador do meu celular. O blog dela — que parecia algo da Internet dos anos 90, com fundo colorido e gifs animados mal posicionados, e em que ela fez me inscrever — chamava-se *Detetive Sobrenatural*, e tinha um total de doze inscritos além de mim, o que Lydia atribuía ao fato de a investigação séria de atividades paranormais ser um nicho muito restrito. Ela também mencionou que o avô era dono da Livraria do Sobrenatural de Spectral Valley, aquela que eu tinha visto quando mamãe e eu fomos de carro à cidade pela primeira vez; e que ambos moravam em cima dela. A crença em atividades paranormais era, pelo que parecia, um lance de família.

Então, eu assinei o blog dela, ela me agradeceu e me alertou para cuidar melhor da minha aura, e simplesmente foi embora — como se sentar-se diante de um estranho, avisá-lo sobre buracos no pão, fantasmas em auras e a possível existência de gênios e lobisomens, e depois ir embora de repente fosse uma interação de hora do almoço mais normal do mundo.

No resto do dia não aconteceu nada demais — nem comigo, nem com a minha aura. Passei o resto do horário de almoço na biblioteca, pesquisando sobre álbuns antigos que eu queria ouvir de novo em um streaming de músicas (*The Final Cut*, do Pink Floyd; *On Every Street*, do Dire Straits; *Extraordinary Machine*, da Fiona Apple — todos subestimados, ótimos, do seu jeito) e depois fiquei sentado em silêncio durante as aulas e, felizmente, ninguém mais me abordou para falar de duendes, múmias ou para querer saber o que eu achava dos romances de Fitzgerald.

Naquela noite, cheguei em casa e encontrei minha mãe na mesa da cozinha, assistindo alguma coisa no computador. Cheguei mais perto dela, mas quando fui cumprimentá-la, percebi o que estava passando na tela.

Eu, ela e meu pai. Nós três no terraço de nosso apartamento em Nova York, ele e eu tocando violão enquanto ela cantava, dançava e nos filmava. Um vídeo do ano passado.

Fiquei observando enquanto ela assistia. Quando terminou, ela clicou em voltar para começar de novo. Tirou os óculos para enxugar os olhos e deu play pela terceira vez. Pensei em entrar na cozinha. Pensei em dizer que eu também sentia muita falta do papai, e que ver fotos dele e assistir a vídeos dele me deixava mal, com uma sensação de que não era verdade, como se no instante que ele morreu eu tivesse sido arrancado de um lugar que conhecia a vida inteira e jogado em um mundo novo e estranho que parecia um pouco o antigo, mas em cujo mecanismo faltava uma parte fundamental. Tudo era como antes, mas ao mesmo tempo diferente. E a finitude de tudo — o fato de que o velho mundo estava morto para sempre, que em toda a existência nunca teria outro único momento no qual papai estivesse lá — me doía tanto que não sabia como descrever.

Eu não disse nada. Apenas subi a escada, passando por Norman, e fui para meu quarto.

CAPÍTULO 7

Bea

Cole-Sanchez-Cujo-Coração-Ainda-Batia chegou da escola de mau humor na segunda-feira. Entrou em nosso quarto, largou a mochila em um canto, se jogou em sua cadeira estranha e giratória, soltou um suspiro e bufou.

— Dia ruim, meu bem? — eu disse do meu cantinho perto da janela.

Tinha passado a maior parte da manhã e tarde vagando pela casa em silêncio e tédio, e além de um período rápido e malsucedido tentando fazer o gato brincar de bola de borracha comigo (fracassei; aquele gato podia ter *reconhecido* minha existência, mas certamente não a *aprovava*), não fiz lá muita coisa. Estava entediada. E com o tédio, vinham aqueles pensamentos que eu queria evitar — pensamentos a respeito de quem ou o que eu era e o que o futuro reservava para mim; do fato de que, mesmo que as pessoas pudessem chegar a me ver ou interagir comigo, eu continuava em algum tempo vago, no futuro, onde os automóveis eram diferentes, as pessoas se vestiam de um jeito estranho e ninguém que eu conhecia andava por ali. Eu sabia que algum tempo tinha passado, mas não quanto. Sabia que minha família e amigos não estavam mais ali, mas não sabia há quanto tempo. E eu sabia que era um fantasma, mas não por quanto tempo seria ou o que aconteceria depois. Tudo isso me deixava muito ansiosa e era desagradável.

A verdade era que, embora o Garoto de Coração Pulsante não fosse a pessoa mais otimista e divertida com quem conversar, eu queria poder falar com ele. Depois de viver sozinha e presa em uma casa vazia durante meses, qualquer coisa era melhor que o silêncio. Até garotos mal-humorados com olhos fundos e tristes.

Cole girou na cadeira. Então, pegou o violão e o colocou no colo.

— Um show ao vivo! — eu disse, feliz por me afastar daqueles pensamentos desagradáveis, e me aproximei. — Que sorte a minha.

Ele começou a tirar algumas notas das cordas. Devagar no início, depois mais rápido; uma melodia melancólica em tom menor.

Sabe, antigamente, quando eu era viva e feliz e tinha um coração pulsante como o do meu colega de casa aqui, eu tocava piano o tempo todo. Como eu disse, meus pais eram músicos profissionais e começaram a me ensinar quando eu mal tinha idade para andar. Isso significava que, sim, eu era espetacular no piano. Amava tocar; a música era a coisa mais importante da minha vida naquela época. Mas ser uma garota com propensão para ser musicista tinha um custo, principalmente porque sempre que o assunto surgia, fosse na escola ou em festas, simplesmente dizer as palavras "Sim, eu toco" inevitavelmente evocava um sujeito das entranhas de qualquer apartamento, festa ou quintal em que eu estivesse, que se aproximava de mim, dizia "Você toca? Que fofa. Eu também toco", e em seguida tirava um violão da Terra de Onde Vêm Todos os Violões Que Garotos Irritantes Que Pensam Que São Músicos Têm e, antes que eu pudesse impedi-lo, ele invariavelmente tocava os mesmos quatro acordes chatos da tríade maior, na mesma ordem chata, enquanto cantava sempre uma interpretação invariavelmente terrível de uma canção de Vernon Dalhart.

Então, logo aprendi a dar de ombros quando alguém perguntava sobre música na frente dos garotos, dizer "Eu gosto de Ethel Waters" e vida que segue.

Tudo isso para dizer que quando o Garoto de Coração Pulsante apareceu pela primeira vez com seu violão, achei que seria como aqueles caras da minha época, cujo conhecimento de música consistia nas mesmas três canções chatas e sem originalidade que eles decoravam para impressionar as garotas nas festas e nada mais.

Mas aí, ele começou a tocar e me dei conta de que estava errada.

Aquilo não era chato; era lindo. Lento e triste, mas rico em vida, memória e tristeza. As notas se estendiam por diferentes escalas, com notas dissonantes aqui e ali, como se a própria melodia estivesse em sua jornada de autodescoberta, tateando em busca do caminho certo a cada novo compasso, como água fluindo por um leito de rio antes vazio, enchendo-o de novo com vida e movimento.

Ele ergueu os olhos do violão depois de um momento e fixou o olhar no mural de fotos que eu tinha derrubado da parede antes — especificamente, na foto com ele e o pai tocando violão.

Ele olhou da foto para o violão e para a foto de novo. Enxugou os olhos, fungou, sacudiu a cabeça e colocou o violão de lado, suspirando. E assim, o show acabou.

CAPÍTULO 8

Cole

De todas as coisas injustas em relação a estar vivo em nosso universo (e existem muitas, desde os benefícios da alface para a saúde em comparação com milk-shakes de baunilha até o fato de que os cadarços parecem sempre se desamarrar, enquanto os fios dos fones de ouvido dentro do bolso sempre fazem o oposto), a mais irritante deve ser quão incrivelmente poderosa é a capacidade do nosso cérebro de primata de interconectar tudo, inclusive a tristeza. Reconhecer padrões é o motivo pelo qual evoluímos para seres tão inteligentes — vemos uma coisa, imaginamos que é meio que outra coisa, fazemos uma conexão e aprendemos algo. Urso preto assustador, corra. Coisa que parece um urso preto, mas é branco, deve ser só outro tipo de urso, provavelmente também assustador, então corra também. Relacionamos uma coisa com outra, e isso nos ajuda a transitar pelo mundo.

O problema é que isso também faz que, quando algo ruim acontece, como, digamos, quando perdemos alguém que amamos, tudo que tenha a ver com essa pessoa, súbita, inevitável e inexoravelmente fique ligado a ela para sempre, o que significa que não podemos mais fazer um monte de coisas sem nos lembrarmos dela.

Essa é só uma maneira prolixa de explicar por que eu não conseguia tocar violão desde *o que aconteceu*. Porque sempre me trazia lembranças de papai, e pensar nele me fazia sentir... bem, me fazia querer pensar em maneiras de *não* pensar mais em papai para poder parar de sentir aquilo, e a única maneira de fazer *isso* era parar de tocar. O que era meio ruim, porque, enfim... eu gostava de tocar. Bastante, aliás.

E foi por isso que, naquela tarde, depois de não conseguir falar com mamãe lá embaixo quando cheguei da escola, subi ao meu quarto e tentei mais uma vez tocar meu violão por um tempo, para me animar; mas logo percebi que estava era me *des*animando, como em todas as vezes que tentei nos meses anteriores.

Suspirei. Deixei o violão de lado, respirei fundo e desci para esperar a hora do jantar.

* * *

Na manhã seguinte, depois do banho, enquanto pegava meu tênis, notei algo estranho na parede no fundo do armário. Algo que ainda não tinha visto.

Empurrei minhas jaquetas para um lado e olhei; parecia um fundo falso, só que na parede do fundo do armário, não no chão. Eu me ajoelhei e empurrei um velho painel de madeira para o lado e encontrei um compartimento pequeno atrás. Dentro, tinha um monte de coisas muito empoeiradas e com cara de velhas: maquiagem, caixas de fósforos, livros, muitos discos...

Puxei uma caixa bem velha do fundo e a levei à minha mesa. Dentro tinha um livro grosso, tão empoeirado e amarelado quanto todo o resto. Abri na primeira página e tive que tossir para afastar uma nuvem de poeira que se formou bem na minha cara.

Na parte de trás da capa de couro dizia BEATRIX JENKINS. Era um álbum de fotos.

Dentro, tinha fotos em preto e branco de uma menina; as primeiras páginas mostravam um bebê gordinho e sorridente em fotos tiradas em 1911, segundo a data rabiscada em letra cursiva inclinada. A cada página que passava ela estava mais velha, crescendo a cada folhear. Algumas páginas tinham apenas fotos; outras tinham etiquetas com legendas: Primeiro corte de cabelo de Bea. Quinto aniversário de Bea. Primeiro dia de aula de Bea. Bea em seu primeiro recital de piano.

Continuei folheando, e a menina das fotos foi crescendo, passou de um bebê a uma criança aparentemente feliz e a uma adolescente que não parecia muito mais velha que eu. Parei em uma foto dela sorrindo para a câmera, com um vestido esvoaçante, o cabelo curto e penteado à moda antiga, terminando logo acima dos ombros. Ela tinha um sorriso brilhante e um tanto travesso no rosto que parecia dar cor e movimento ao fundo preto e branco congelado ao seu redor. A legenda dizia apenas: Bea, 1928. Atrás dela, na foto, tinha uma janela em arco que reconheci.

Tirei os olhos da foto e olhei para a janela do meu quarto.

Sim, era a mesma janela.

— Você morava aqui... — eu disse, enquanto me virava para ver a foto de novo.

Virei a página e descobri que a próxima estava vazia. Nenhuma fotografia. Verifiquei o resto do livro e nada além de páginas vazias.

Aquela foto que ela tinha tirado no meu quarto — bem, suponho que no quarto dela, naquela época — era a última do álbum.

Um pensamento me ocorreu: *talvez tenha sido a última foto que ela tirou na vida.*

Estremeci e deixei o livro em cima da mesa. Recostei-me na cadeira e, naquele momento, a lista de Fenômenos Inexplicáveis ganhou mais um item. O livro, que descansava na mesa longe de mim, fechou-se com força diante de meus olhos. Como mágica. Ou como se houvesse sido fechado por... alguma presença que estava ali comigo.

Senti um arrepio e olhei em volta. Eu estava sozinho. Mas não me *sentia* sozinho.

— Tem alguém aí? — tentei, sentindo-me meio ridículo.

Esperei, mas nada aconteceu.

Então, pensei em Lydia e seu papo de fantasmas, lobisomens, duendes e sacudi a cabeça.

Fantasmas não existem.

Peguei o álbum de fotos e fui colocar de volta na caixa com a intenção de devolver ao compartimento do armário e atribuir tudo a uma rajada de vento estranha e ao estresse dos últimos dias. Mas então, vi o anel.

Uma pequena e modesta aliança de ouro, com uma linda pedra preciosa verde brilhante em cima. Deixei o álbum de fotos de lado e, esquecendo o medo e a tolice, tirei o anel da caixa.

Seu brilho era intenso, como se o estivesse olhando sob o sol do meio-dia, não sob a lâmpada fraca do meu quarto. Na verdade, a pedra preciosa não parecia refletir a luz de fora, e sim algo... inato dela. Como se *produzisse sua própria luz,* não só refletisse a do ambiente.

Olhei a pedra de ângulos diferentes. Mais uma vez, senti um arrepio, como se não estivesse sozinho no quarto. Mas mal notei, dessa vez. Estava focado demais no anel, não sabia por quê. Tinha algo quase vivo nele; como se tentasse me dizer algo.

Como se *quisesse* que eu o colocasse.

Levantei a mão esquerda e experimentei o anel nos dedos médio e anelar, mas era pequeno demais para eles. Por fim, mal ciente do que estava fazendo, deslizei-o no dedo mindinho e serviu.

Por um instante me pareceu que a luz verde da pedra brilhou mais forte, como se aprovasse meu ato, mas antes que pudesse ter certeza de que isso tinha mesmo acontecido, ficou normal de novo. Fiquei ali, olhando para minha mão, com o anel meio frouxo no meu dedo mindinho. Já estava começando a me sentir um bobo de novo quando ouvi uma voz atrás de mim:

— Fica bem em você, garoto.

Eu me virei e ali, parada e olhando por trás de mim, estava uma garota.

Não. Não uma garota.

A garota. Do álbum de fotos. Eu gritei.

E então, *ela* gritou também.

CAPÍTULO 9

Bea

O Garoto do Coração Pulsante colocou o anel, virou-se, gritou bem na minha cara e me deu um susto dos infernos. Eu gritei também. Ele se levantou tropeçando, o anel acabou voando de seu dedo mindinho e caiu no chão, ao lado dele.

— Você me viu?! — perguntei, ainda me recuperando do susto que poderia muito bem ter me matado ainda jovem, se certo bonde indiferente já não o tivesse feito.

O Garoto de Coração Pulsante estava deitado no chão, ofegante, olhando ao redor freneticamente como se procurasse alguma coisa. Ele não estava me vendo, mas eu poderia jurar que...

Seu olhar pousou no anel caído no chão.

— Era... o anel? — perguntei, falando mais comigo mesma que com ele. — Você pôde me ver por causa do anel?

Pelo visto ele pensou a mesma coisa, porque estendeu a mão, pegou o anel e o observou com mãos trêmulas.

— Coloque! Coloque de novo! — eu disse.

Ele colocou o anel de volta no dedo e olhou para cima. Seus olhos pararam bem em mim e se arregalaram de novo.

Meu Deus, quanto tempo faz que alguém não me olha nos olhos?

— Oi! — eu disse, com um aceno de mão.

Ele choramingou baixinho e se afastou.

— Não, não, não. Espere. Você está me vendo, não é? Você está me vendo agora mesmo, não é? — Dei um passo em direção a ele. — Ai, meu Deus, é o anel! Quando você está com o anel, consegue me...

Ele tirou o anel do dedo de novo, com os olhos arregalados e trêmulos.

— Não, não, não, não tire! Sou inofensiva, sério. Só quero conversar! Coloque, coloque de novo.

Não achava que ele pudesse me ouvir sem o anel, mas não conseguia parar de tentar mesmo assim.

Ele foi cambaleando até a mesa e pegou meu álbum de fotos de novo. Foi passando as fotos até a última, como se quisesse confirmar alguma coisa.

— Sim, sou eu. Desculpe por ter fechado o álbum de fotos antes, não queria te assustar; é que... estava invadindo minha privacidade! Não sou assustadora, juro! — Eu me calei por um momento. — Sim, estou morta, e sei que é um pouco inusitado. Mas acho de verdade que, se você me der uma chance, verá que eu sou...

— Não, não, não, não, não...

O garoto se virou e colocou o anel pela terceira vez. Seus olhos pousaram em mim de novo! Ele pegou uma tesoura da mesa e apontou para mim.

Levantei as mãos como se estivesse sendo assaltada.

— Certo, certo, vamos nos acalmar, parceiro.

— Que diabos é você?! — gritou ele, brandindo a tesoura como uma espada em minha direção.

— Não vou machucar você — eu disse devagar. — Só quero conversar, e acho que a única maneira de fazermos isso é se você ficar com esse anel. Será que é pedir muito?

Ele olhou para o anel em seu dedo mindinho por um segundo, depois olhou para mim.

Não se mexeu.

— Ótimo. Calminha. Agora... — fui lentamente até ele —, por favor, largue essa tesoura de jardim de infância e vamos conversar como pessoas civilizadas.

Ele abaixou a tesoura minúscula e a colocou de volta na mesa, sem tirar os olhos de mim.

— Oi — eu disse, por fim, dando um leve aceno e um sorriso. — Sou Bea. Eu assombro seu quarto.

CAPÍTULO 10

Cole

Estava perdendo a cabeça.

Enquanto estava sentado em minha cama observando a garota de vestido antigo se sentar ao meu lado, com o cabelo como de uma melindrosa dos anos 1920 — a garota do álbum de fotos de cem anos que eu tinha encontrado em meu quarto; a garota que obviamente estava morta e já fazia algum tempo —, me perguntei se Spectral Valley teria uma clínica psiquiátrica e que tipo de comodidades ofereceria a um garoto de dezessete anos recém-chegado que de repente estava vendo pessoas que não existiam.

— Você é Cole, não é? — disse Bea, a garota obviamente não real e totalmente fruto da minha cabeça. — Ouvi sua mãe o chamar algumas vezes nos últimos dias. Não que eu estivesse bisbilhotando, nada disso, mas esta não é uma casa enorme e estou presa aqui, então só tem alguns lugares onde posso...

— Você disse que assombra este quarto — eu disse, e me virei para ela. — Isso significa que você é...

— Um fantasma — disse ela. — Sim. Eu morava aqui, sabe? Bem, quando estava viva.

— Morava aqui... certo.

Peguei minha mochila, meu caderno e comecei a anotar as coisas que ela estava dizendo.

Bea deu uma espiada.

— O que está fazendo?

— Acho que todas essas informações serão úteis para o psiquiatra. Quantos anos você tinha quando morreu?

Ela sacudiu a cabeça.

— Você não precisa de um psiquiatra, garoto, eu sou real. E sou um fantasma. Pode acreditar, para mim também foi duro entender isso.

— ...tenta me convencer de que ela é real — murmurei, enquanto anotava tudo. — Possível alucinação induzida por estresse?

— Pode me escutar? Estou tentando dizer que tudo isto está realmente acontecendo. Não sou fruto da sua imaginação.

Larguei o caderno de lado e olhei para ela. Era estranho o contraste entre aquela velha foto em preto e branco com a versão colorida e em movimento à minha frente. Seu vestido era de um tom claro de rosa, seu cabelo muito claro, quase branco de tão louro, e emoldurava olhos azuis escuros e pômulos altos. Penteado e roupas velhas à parte, ela parecia muito uma pessoa que eu poderia ver andando pela rua, na escola ou na biblioteca. Não parecia um fantasma saído de um álbum de fotos de cem anos. Ela não era translúcida; não tinha um lençol branco sobre o corpo. Parecia real, material e... normal?

— Tá, tudo bem — eu disse. — Digamos que eu acredite em você, coisa que não é verdade. Então... você está morta.

— Morta como o ragtime.

— O que significa que você *era*, mas não *é* mais.

— Bem, acho que ainda *sou*, só que de um jeito imaterial agora — ela se virou para mim. — Bem, meio imaterial. Descobri que consigo tocar nas coisas se me concentrar, mas parece que não funciona com pessoas vivas. Viu?

A garota levou a mão ao meu rosto e senti algo frio e esfuziante quando percebi que ela estava balançando as mãos através de mim.

— Pare com isso! — Espantei-a.

— Desculpe. É estranho para mim também.

Esfreguei os olhos.

— Se tudo isto for verdade, se você está realmente morta, por que ainda está aqui? Como você, tipo... como voltou dos mortos?

Achei que se eu questionasse a lógica da existência dela, meu cérebro desistiria de toda aquela empreitada alucinatória e ela desapareceria como uma nuvem de fumaça no ar.

— Não sei direito — disse Bea. — Estava no Museu Spectral Valley com meus colegas de turma, era uma excursão escolar. Entrei em uma área na qual não deveria entrar e, talvez, sem querer, meio que roubei esse anel que está no seu dedo agora. Depois, eu saí e parei no meio da rua, não ouvi os sinos nem os gritos e, de repente, fui atropelada por aquele bonde...

— Você foi atropelada por um *bonde*?

— Na frente de todos os meus colegas de turma. Digamos que tive dias melhores — prosseguiu ela, impassível. — Enfim, senti uma dor inacreditável; sério, estou lhe dizendo, pior do que qualquer coisa que possa imaginar; mas também muito rápida. Só conseguia pensar *Ai, meu deus, nunca pensei que algo pudesse doer tanto assim* e então, BAM! Nada. Acabou a dor, o barulho de bonde, os gritos. E aqui estou, em meu quarto — ela olhou em volta e sorriu para mim. — Bem, nosso quarto, agora.

Pensei em argumentar que ainda era *meu* quarto, não nosso, e que o fato de ela ter morado ali não mudava isso. Mas imaginei que essa questão em particular poderia esperar.

— Você simplesmente... voltou? — perguntei. — Simples assim? Sem motivo?

— Num piscar de olhos fui do bonde para cá — disse Bea. — Tinha umas garotas aqui, elas estavam de mudança, e uma delas encontrou o anel. Acho que, quando morri, devolveram tudo que estava vestindo aos meus pais, eles colocaram minhas coisas no meu quarto e foi assim que o anel veio parar aqui. Enfim, a garota colocou o anel, e foi quando eu voltei. Talvez ela tenha sido a primeira pessoa a colocar o anel desde que eu morri, mas não tenho certeza. Parece que boa parte da minha situação está ligada a essa coisa, por algum motivo.

Nós dois olhamos para o anel que estava no meu dedo.

— Depois que as garotas se mudaram, descobri que não podia sair de casa. Então, estou aqui desde então, assombrando a corretora e as pessoas que vinham olhar a casa... até sua mãe aparecer.

— Então foi por isso que a corretora queria vender a casa tão rápido... — sussurrei.

— É o quê?

Eu me interrompi:

Claro que não. Fantasmas não existem.

Ergui os olhos e ri:

— Nada. É que por um segundo esqueci como isto é ridículo e pensei que você existisse.

— Mais uma vez, Cole, não sou fruto da sua...

— Cole. — Minha mãe chamou.

Minha alma quase saiu do corpo quando a porta de meu quarto se abriu e mamãe colocou a cabeça dentro.

Pulei da cama e forcei um sorriso.

— Mãe! Oi!

Olhei para Bea e depois para mamãe, que não deu sinal algum de que podia ver mais alguém no quarto comigo.

— Ela não consegue me ver nem me ouvir — disse Bea. — BUUUUU! Viu?

Minha mãe não teve mesmo nenhuma reação. Eu me virei para ela, fazendo o possível para ignorar Bea atrás de mim.

— Que foi? — eu disse.

— Está pronto? — perguntou minha mãe.

— Para quê?

— Para as Invasões Bárbaras de Roma — disse mamãe, revirando os olhos. — Para a escola, Cole! Já são quase oito.

— Ah, claro! Escola é uma coisa que existe, ao contrário dos espíritos.

— O quê?

— Nada.

— Você está bem? Está meio pálido, Cole.

— É, parece que viu um fantasma — disse Bea, atrás de mim.

Resisti à vontade de me virar para ela de novo.

— Estou bem, mãe — eu disse, torcendo para ser convincente. — Já vou descer.

Mamãe sorriu e fechou a porta ao sair. Eu me virei para Bea, que estava em pé com um olhar animado no rosto.

— Você estuda na Spectral Valley High? — perguntou, e me seguiu enquanto eu pegava minha mochila ao lado da cama. — Eu estudava lá também!

— Estou indo — eu disse, jogando a mochila no ombro.

— Tchau, Juvenal. Vou estar aqui quando voltar.

— Não vai, não. Eu... espere aí. Quem é Juvenal? — perguntei.

— Ninguém é Juvenal; eu disse "tchau, Juvenal".

— Eu não sei quem é Juvenal!

— É uma expressão, nunca ouviu? É só uma rima boba, uma brincadeira.

— Ah... — eu me virei para ela ao entender o que ela tinha dito.

— Não interessa. A questão é: não, você não vai estar aqui quando eu voltar.

— Eu já disse, estou presa dentro de casa, não posso sair. Então, com toda a certeza, vou estar aqui quando...

— Não vai estar aqui porque não é real e estou tendo uma alucinação causada por depressão latente ou pelo estresse da mudança ou talvez, quem sabe, por causa da água de Nova Jersey. A questão é: vou me acalmar durante o dia, tranquilizar minha mente e quando voltar para casa você não vai mais existir.

— Tudo bem, pense o que quiser — ela ficou calada um momento. — Mas, com toda a certeza, ainda estarei aqui quando volt...

Tirei o anel do dedo e ela desapareceu. Hesitei. Respirei fundo. *Paz. Calma. Acalme seu cérebro. Você está no controle de seus pensamentos. Ela não é real, você a criou com sua mente e pode fazê-la desaparecer.*

Coloquei-o de volta e Bea voltou à existência bem à minha frente, no meio da frase:

— ...sério, quanto mais cedo você superar o estágio da negação, melhor será para nós d...

— Não — tirei o anel e o bati na mesa. — Não, não, não.

Saí do quarto, deixando o anel e a garota fantasma imaginária para trás.

* * *

— Ovo do oeste, ovo do leste — disse o sr. Porter com um ovo cozido em cada mão, na frente da classe. — Gatsby. Daisy. Muito próximos, mas pertencem a mundos diferentes. Agora, o interessante em relação ao lugar em que Fitzgerald escolheu ambientar essa história...

Sr. Porter continuou falando de Gatsby, Daisy, as festas e a diferença entre o dinheiro antigo e o dinheiro novo no contexto do romance.

Gostei do uso de acessórios culinários e do seu entusiasmo, mas na verdade eu mal estava ouvindo. Estava navegando no blog da Lydia embaixo da carteira enquanto sr. Porter falava, procurando na seção de "Fantasmas, assombrações e outros fenômenos mortos-vivos".

Não que eu acreditasse que Bea fosse real. De jeito nenhum, tinha certeza absoluta que ela não era. Mas pelo caminho todo para a escola e durante a primeira aula, eu me peguei pensando. E se ela *fosse* real? E se eu não estivesse alucinando? E se a casa fosse mal-assombrada e eu tivesse mesmo conhecido um fantasma?

E então, a parte sã de meu cérebro sussurrava "Cara", e eu voltava a ser racional.

Fui rolando a página do blog de Lydia e encontrei um post intitulado: *5 sinais de uma casa mal-assombrada*.

1) Barulhos inexplicáveis.

2) Coisas que se mexem sozinhas.

3) Calafrios e uma sensação aparentemente aleatória e esfuziante inexplicável (desconfiamos que isso acontece quando o fantasma atravessa nosso corpo).

4) Ectoplasma (mais comum em fantasmas mais velhos).

5) Avistamento de fantasma.

Pensei nas batidas na parede que ouvi no meu quarto na outra noite. E naquela vez que tive a impressão de ter acordado com o som de alguém tocando meu violão. E meu painel de fotos que parecia ter caído da parede sozinho. O calafrio e a sensação esfuziante que senti quando Bea acenou com a mão em meu rosto.

Quatro de cinco: barulhos, coisas se mexendo, sensações borbulhantes e a própria Bea.

Seria possível? Ela poderia mesmo ser real? Afinal, não parecia falsa... não parecia fruto de minha imaginação. Eu tinha falado com ela, visto e...

Cara...

Claro que ela não era real.

Guardei meu celular, reclinei-me para trás e inflei minhas bochechas, forçando-me a me concentrar de novo no sr. Porter, que tinha descascado o ovo do oeste e o estava comendo enquanto falava sobre a trágica história de amor de Daisy e Gatsby.

* * *

Enquanto eu estava saindo da escola, no fim das aulas, ouvi uma voz atrás de mim:

— Problemas com fantasmas?

Eu me virei, assustado, e vi que Lydia tentava me alcançar.

— O quê?

— Você andou lendo meu blog — disse ela. — A seção de fantasmas, especificamente.

— Como você...

— Falei que tenho sexto sentido. Além disso, vi você lendo. E esta cidade é um ponto de encontro para atividades sobrenaturais, sabia disso? Pacote completo. Não me surpreende que esteja lidando com algo assustador.

Ela acompanhou meus passos pelo corredor.

— Então, qual é o problema? Uma assombração furiosa fazendo coisas desaparecerem pela casa? Vozes de crianças desencarnadas sussurrando velhas cantigas de ninar à noite? Uma velha desdentada com pele podre e olhos turvos observando você dormir pendurada de cabeça para baixo no teto de seu quarto?

— O quê?! Não! Mas obrigado por me fazer imaginar essa última...

Passamos pelas portas e saímos no pátio da escola. Era um dia ensolarado, e os alunos se reuniam em grupos na calçada e na grama, conversando e, no geral, mais sociáveis do que me interessava ser naquele momento com qualquer pessoa — Lydia inclusive.

— Sabe, geralmente não são aparições malignas e fantasmagóricas — prosseguiu Lydia, não se deixando abalar pela minha falta de interesse. — Na maioria das vezes, ainda estão neste plano de existência por causa de algum assunto inacabado, maldição ou feitiço que alguém lançou neles quando estavam vivos...

Paramos na metade do caminho para o estacionamento. Ela se virou para olhar para mim.

— Se está lidando com um fantasma, deveria tentar falar com ele, descobrir qual é o problema dele. E talvez ajudar ele a seguir em frente.

Será que Bea poderia mesmo ser real?

Cara...

— Cole? Você está olhando para o nada...

Por fim, sorri para Lydia e disse:

— Sabe de uma coisa: se eu vir um fantasma, não vou me esquecer de nada disso que você me disse. — Eu me virei para ir embora.

E Lydia me seguiu.

— Ou talvez você o sinta — disse ela, me alcançando de novo. — Ou ouça. Ou sinta sua presença por meio de uma sensação inefável, mas inegável, de morte na sua barriga. Ou também...

— Entendi, Lydia.

Chegamos ao estacionamento e me virei para ela:

— Vou por ali; vou a pé, então...

— Então tá! Este é o meu carro.

Ela indicou um velho Fusca parado perto da entrada do estacionamento. Era pintado de um preto fosco com listras de verde brilhante por toda a lateral, e parecia ter visto dias melhores. No para-brisa traseiro, as palavras BUMÓVEL estavam pintadas com tinta spray prateada e, embaixo, menor: *Livraria do Sobrenatural de Spectral Valley* e um número de telefone. Tinha uma antena de rádio estilo anos 1980 no capô com uma bandeirinha em forma de fantasma sorridente na ponta.

— O *seu*? — eu disse, apontando para o carro.

— Quer uma carona?

— Não precisa.

— Então tá. A gente se vê amanhã, Cole!

Ela entrou em seu BUMÓVEL. Depois de um segundo, ele estalou e rugiu, ganhando vida, atraindo o olhar de vários alunos ao nosso redor. Lydia não parecia se importar. Ela deu ré e saiu com o carro tilintando e estalando alto, como se fosse movido à esperança e na força do ódio, mais que à gasolina.

CAPÍTULO 11

Bea

Finalmente tinha com quem conversar!

O Garoto de Coração Pulsante não era a companhia mais animada do mundo, claro, e ainda não estava lá muito convencido de que eu era real... mas eu não podia me dar ao luxo de ser exigente. Ele era uma pessoa de verdade, não um animal de estimação, tinha mais ou menos minha idade e podia me ver e me ouvir, desde que usasse o anel. Isso era mais que suficiente para mim, no momento.

A verdade é que se eu estivesse no lugar do coitado também pensaria que eu não era real; eu mesma demorei vários dias para aceitar esse fato, e isso que estava comigo mesma o tempo todo. E ele só tinha me visto uma vez.

Por mais difícil que fosse ser um fantasma, imaginei que ser assombrada por um também não devia ser lá a melhor coisa do mundo.

Eu me deitei na cama dele, inflei as bochechas e olhei para o teto, analisando minha situação. Estava longe de minha família e amigos há meses. Estava presa em casa. Não sabia o que o futuro me reservava. Será que conseguiria sair daquele lugar e ver o mundo, um dia? Ficaria assim para sempre? Fantasmas envelheciam? Eu poderia morrer *de novo* ou ficaria daquele jeito para sempre?

Nunca tive medo da morte, sabe, até acontecer comigo. O fato de que um dia eu deixaria de existir, por si só, nunca foi um problema para mim. Mamãe sempre dizia: "Nosso tempo nesta Terra é curto, melhor fazer valer a pena, então", e eu concordava e sempre tentava viver de acordo com essas palavras. Ninguém vive para sempre, ninguém sabe por que estamos aqui ou por que existe um universo. Mas todos nós temos um tempo determinado e podemos decidir como passá-lo. E quando eu era viva, tentava passar todas as minhas horas de forma inteligente e generosa, fazendo as coisas que eu amava — tocando música, curtindo minha família e amigos, jamais desperdiçando um momento com o tédio se pudesse fazer algo mais divertido.

O lema da Bea Viva era: não importa o que você faça, desde que seja algo que faça seu eu futuro sorrir em seu leito de morte.

Pois é, meu leito de morte acabou sendo a calçada, debaixo de um bonde, e não tive muito tempo para me lembrar de nada antes de virar geleia, mas minha filosofia — eu achava — ainda fazia sentido. Temos que viver como se cada dia importasse porque, no final, nenhum deles realmente importa. Um dia morreremos, esqueceremos tudo, e depois, nossos filhos e as pessoas que deixamos para trás também morrerão, e então, os filhos delas e as pessoas depois delas também morrerão e assim por diante, e no final, não sobrará ninguém aqui. E embora para algumas pessoas essa ideia seja horrível, para mim sempre foi meio libertadora.

O universo é uma festa sem a supervisão de adultos. Aproveite!

Só que isso foi antes de eu morrer mesmo e descobrir que tinha uma vida após a morte — pelo menos para mim. E deitada na cama, esperando o Garoto de Coração Pulsante voltar da escola para que pudesse convencê-lo de que eu era real e, *por favorzinho*, converse comigo porque estou tão, tão sozinha, percebi que minha mente voltava para aqueles sentimentos familiares de ansiedade de antes de ele se mudar para aquela casa. Aqueles mesmos medos, aquela mesma incerteza do que o futuro me reservava. Aquela mesma sensação de vazio no peito enquanto me perguntava o que aconteceu com meus pais, meus amigos, Nelson... todos da minha época, de repente e irrevogavelmente desaparecidos nesta nova realidade para a qual eu tinha sido empurrada por aquele bonde.

Aquela mesma solidão.

Ouvi um ronronar ao meu lado, me virei, e vi o gato de Cole na porta do quarto, olhando bem para mim.

— Prrr para você também, gato — eu disse.

Eu me sentei no chão e tentei estalar os dedos.

— Venha aqui.

O gato me observou, desconfiado, e sibilou antes de me dar as costas e sair do quarto. Achei aquele sibilar menos agressivo que o primeiro, quando nos conhecemos. E isso me pareceu um progresso.

Inflei minhas bochechas. Olhei para o teto. Eu estava triste e pensando demais. Precisava me distrair. Precisava de um amigo.

Precisava me sentir viva de novo.

CAPÍTULO 12

Cole

Cheguei da escola e fui direto para o quarto. Passei o dia temendo esse momento, mas imaginei que seria melhor encarar logo, como arrancar um curativo.

Entrei, fui até minha mesa, peguei o anel e olhei para ele.

É isso. Ou ela sumiu e tudo foi apenas um sonho ou sei lá... ou ela ainda está aqui e...

E o quê? E fantasmas existem? E tudo que eu achava que sabia da vida, o universo e tudo mais é uma mentira?

Não me permiti cair naquele abismo de ansiedade existencial. Fechei os olhos bem apertados, coloquei o anel no dedo mindinho, esperei...

...e abri os olhos.

O quarto estava vazio.

Olhei ao redor. Fui ao banheiro e espiei lá dentro.

Nada. Ninguém.

Voltei para meu quarto, me recostei na cadeira do computador e respirei fundo. E ri.

Está tudo bem. O mundo faz sentido de novo. Fantasmas não existem.

É claro que estava tudo bem. Óbvio que fantasmas não existiam. E não era de se espantar que eu pensasse ter visto e falado com um. O que aconteceu com papai, o estresse de mudar de cidade, além de todas aquelas coisas sobrenaturais estranhas que Lydia tinha dito no meu primeiro dia de aula...

De repente, tudo ficou incrivelmente, ridiculamente, infantilmente claro. O fato de eu ter considerado a possibilidade de Bea ser real me pareceu bobo e vergonhoso, e já era tipo uma lembrança distante.

Sacudi a cabeça, ainda sorrindo para mim mesmo. Fui até meu armário, abri a porta para guardar meu tênis e fui recebido pelo rosto sorridente de Bea, no chão, olhando para mim.

— Oi, colega de quarto. Guarda-roupa chique.

— Ahhhhh! — bati a porta na cara dela, tropecei para trás e quase caí de bunda. — O que está fazendo aí?!

Ela passou *pela* porta fechada e de repente estava no meu quarto.

— Eu não estava bisbilhotando, se é isso que está me perguntando. Só estava olhando minhas coisas no compartimento secreto. Minha coleção de discos ainda está lá!

Esfreguei os olhos e sacudi a cabeça:

— Não acredito que isto está acontecendo.

— Poxa, dá para ficar feliz em me ver? Eu estou feliz em ver você! — ela se jogou na cadeira do meu computador e girou uma vez. — Para falar a verdade, ando estranhamente carente de companhia ultimamente...

— Fiquei tão aliviado por você não ser real... — eu disse, mais para mim mesmo.

— Nossa, que grosseria.

Cobri o rosto com as mãos e gritei.

— Para de ser dramático. Não é você quem está morto e ainda assim está fazendo tempestade em copo d'água!

— Tem um fantasma no meu quarto! — eu disse, emergindo do meu grito abafado e me virando para ela, por fim. — Tenho o direito de ser dramático!

— Uma fantasma legal, bonita, muito simpática e divertida, saberia se me desse uma chance.

Pensei um pouco em minhas opções.

— Tudo bem — disse, por fim. — Você é real, tudo bem, já entendi.

— Já passamos da fase de negação! — ela bateu palmas. — Já era hora, garoto, estava parecendo um disco riscado.

— Você não pode sair de casa, não é?

— Pode acreditar, eu tentei.

— Então, você está presa aqui comigo. E eu estou preso aqui com você.

— Bem... — ela começou, insegura. — É uma maneira de se ver, suponho, mas também pode ser como...

— Mas não precisamos ficar presos juntos — interrompi. — Se nós dois vamos viver neste quarto...

— *Viver* seria mesmo a palavra certa?

— Se vamos *dividir* este quarto, o mínimo que podemos fazer é ficar longe um do outro.

— Quer dizer...

— Quer dizer que, assim que terminarmos esta conversinha, cada um vai cuidar de si e fingir que o outro não existe, como era antes de eu encontrar este anel maldito.

— Ou... — ela se levantou da cadeira e me olhou nos olhos. — E se criássemos um vínculo? E depois, podíamos resolver crimes juntos!

Mostrei o anel para ela.

— Vou tirar isto aqui agora.

— Não, não, não, espere!

Ela tentou tocar minha mão e aquela sensação esfuziante subiu por meu pulso quando a dela *atravessou* a minha.

— Não podemos só conversar? E ser amigos? Faz tempo que não tenho alguém para conversar.

Pela primeira vez seu tom de voz era sério; não fez piadinhas nem ironias. Ela me lançou um olhar esperançoso e, de repente, seu rosto estava muito próximo do meu. Tive aquela sensação de novo enquanto analisava seu rosto: ela não parecia um fantasma; parecia tão real...

— Não quero ter amigos mortos — eu disse depois de um momento. — Nada pessoal.

Ela baixou os olhos. Fez que sim com a cabeça devagar e deu um passo para trás.

— Está bem. Tudo bem. É isso aí. Tanto faz. Nem ligo, mesmo.

— Ótimo — eu disse. — Então, é isso aí. Foi um prazer conhecê-la, Bea. E tchau.

Tirei o anel. Bea desapareceu.

Fiquei no meio do quarto, ainda um pouco em pânico e sem saber o que fazer.

E então, lembrei: eu tinha uma redação sobre *O grande Gatsby* para fazer! Não precisava lidar com o fato de que, aparentemente, um fantasma muito simpático estava dividindo o quarto comigo. Podia ignorar isso completamente porque, afinal, eu tinha lição de casa!

Pela primeira vez na vida, estava animado para fazer a lição de casa!

Fui até minha mesa, peguei meu caderno e meu exemplar de *Gatsby* na mochila e comecei a fazer a lição.

Sim, eu estava fazendo a lição de casa, e tudo fazia sentido no mundo.

* * *

— E aí, como estão os novos amigos? — perguntou mamãe na manhã seguinte, quando nos sentamos para tomar o café da manhã.

— Que novos amigos?

— Ouvi você conversando em seu quarto ontem à noite. Imaginei que estava na internet com seus amigos da escola.

Fiquei calado um instante, com a boca cheia de pão. Por fim, engoli em seco e forcei um sorriso.

— Ah, sim, meus amigos. Estávamos ensaiando para uma apresentação.

Mamãe concordou com a cabeça.

— Que bom que está se abrindo mais. Já pensou em entrar em algum grupo da escola? — perguntou ela, cautelosa. — Você tinha uma banda em Nova York...

O-oh. Lá estava aquele tom de novo. Aquele tom de *algo aconteceu e deveríamos conversar, tem certeza de que está tudo bem, Cole?*

— Vou pensar.

Mantive os olhos baixos, mas podia sentir seu olhar em mim.

— Que bom que fez amigos, mas seria bom se enturmar um pouco mais, Cole — prosseguiu ela.

— Mãe...

— Só estou dizendo que não é saudável se afastar do mundo quando estamos tristes. Ou parar de fazer as coisas de que gostávamos...

— Mãe...

— Não ouço você tocar violão desde que seu pai...

— Mãe! — olhei para ela. — Estou bem, sério. Juro. Só não quero *mesmo* falar nisso, tá?

Ficamos nos encarando por um bom tempo. Então, ela olhou ao redor e, com uma voz casual cuidadosamente calculada, disse:

— Você viu o saleiro?

Assim que ela disse isso, o saleiro saiu flutuando do balcão da cozinha, atrás dela, e foi até a mesa. Ela ia se virar e vê-lo quando eu gritei:

— NÃO!

Mamãe se virou para mim, assustada.

— O que aconteceu?!

Olhei dela para o saleiro flutuante e para ela de novo.

— O sal. Faz mal para a saúde — eu disse rápido. — Quer dizer, pressão alta é a principal causa de morte na meia-idade em pelo menos sete estados, acho. — Mamãe franziu a testa e riu.

— Não vou me esquecer disso, obrigada...

Fora de sua vista, o saleiro pousou suavemente ao lado de seu prato e eu soltei um suspiro de alívio.

— Está bem aí — eu disse, apontando.

Então, fuzilei com o olhar um certo fantasma que sabia estar atrás dela.

CAPÍTULO 13

Bea

O Garoto de Coração Pulsante bateu a porta ao entrar em nosso quarto e fui atrás dele, atravessando a madeira e entrando também.

— Já sei o que vai dizer — eu disse, enquanto ele colocava o anel de volta no dedo mindinho. — Mas eu só estava tentando ajudar sua mãe; ela estava procurando o sal, e eu vi onde estava, então, pensei, por que não ser uma garota legal e...

— Vou ficar com o anel — disse ele, virando-se para mim.

Eu congelei.

— Vai mesmo?!

— Com uma condição: você não vai assombrar minha mãe. Que frase estranha... Mas estou falando sério. Ela passou por muita coisa desde que papai... — ele hesitou, como se estivesse escolhendo as palavras com cuidado, e olhou para mim de novo. — Ela está passando por muita coisa ultimamente, e não precisa de um fantasma centenário assombrando sua casa. Então, podemos bater papo, ficar de boa ou sei lá, mas quando estiver sozinha com ela, tem que ficar quieta. Combinado?!

— Não faço ideia do que seja "bater papo", mas trato feito!

Ele parecia um pouco mais calmo.

— Tá... tá bem.

Ele se virou e foi para sua mesa.

— Vai ser tão bom! — eu disse, me aproximando. — Vamos conversar e criar laços, e eu sei que você não gostou da ideia de cara, mas dê outra chance a essa coisa de "resolver crimes juntos", porque eu realmente acho que poderíamos formar uma boa...

De repente, eu me calei. Algo me passou pela cabeça. Algo que Cole tinha acabado de dizer...

— Espere aí...

Cole se virou e me encarou.

— Que foi?

— A que você estava se referindo quando disse "fantasma centenário"?

* * *

Fiquei totalmente imóvel, encarando a parede, com a mente congelada no mesmo pensamento enquanto tentava processá-lo:

Fantasma centenário. Fantasma centenário. Fantasma centenário.

Eu sou uma idosa.

Meu Deus.

Sou uma senhora de cento e treze anos.

— Você disse que estamos em...

— Dois mil e vinte e quatro — repetiu Cole.

Estávamos sentados lado a lado na cama dele, que ficava embaixo da janela, e Cole me olhava pela primeira vez com algo que não parecia medo, contrariedade ou aborrecimento.

Ele estava me olhando com pena.

— Dois mil e vinte e quatro... — só dizer esse número já me parecia ridículo. — Isso é um futuro muito distante...

— Quanto tempo você acha que passou?

— Não sei! — me virei para ele. — Vinte anos, trinta! Imaginei que tinha se passado algum tempo, porque meus pais não estavam aqui e você se veste de um jeito estranho, mas não cem anos! — sacudi a cabeça. — Tenho mais de cem anos, Cole! Eu tinha dezessete e, de repente, tenho mais de cem!

— Não é *bem* assim — disse Cole. — Disse que do momento em que foi atropelada por aquele bonde até aquela garota colocar o anel e você voltar aqui foi tipo um piscar de olhos, não é? Então, do seu ponto de vista, você ainda tem dezessete anos. Dezessete e meio no máximo, mas não... — ele se calou ao ver a expressão em meu rosto. — Desculpe, só estou tentando ajudar.

Eu me levantei e comecei a andar de um lado para o outro.

— Cem anos... da próxima vez, você vai me dizer que tem gente no espaço sideral agora!

— Bem, a estação espacial só pode levar uns dois astronautas de cada vez, então, não tem um monte de... — mais uma vez, ele parou quando viu minha expressão. — Esquece. Escuta, você não reparou que as coisas eram diferentes? Tipo cem anos diferentes?

— Como eu poderia saber quanto tempo se passou se eu não estava por aqui para ver? Claro que vi algumas coisas estranhas *nesta casa*, mas estou presa aqui há meses, não vi o resto do mundo! — Fui até a janela e olhei para o quintal. — O que foi que eu perdi?

Ouvi Cole rir atrás de mim.

— O que você perdeu em *cem anos*?!

Eu me virei para ele; minha cabeça a milhão, pensando na vastidão desse espaço de tempo.

— Sim, tem que me contar tudo!

— Tá, mas tenho que estar na escola em dezessete minutos, e acho que "tudo que aconteceu em um século" vai levar mais tempo que isso. Não tenho como...

Ele pousou os olhos em alguma coisa.

— Que foi? — perguntei.

Cole pegou um retângulo de metal de sua mesa, virou-se para mim e sorriu.

CAPÍTULO 14

Cole

— **A gente chama** de internet — eu disse para Bea, abrindo o notebook. — É um lugar bem horrível, que deve ser evitado a todo custo. Mas *pode* responder qualquer pergunta que você tenha sobre qualquer coisa.

Sentada diante de minha mesa, Bea ficou observando a tela, confusa e fascinada.

— Este cineminha portátil pode responder a todas as minhas perguntas?

— Aham.

Ela se inclinou em direção à tela:

— Existem carros voadores no futuro, internet? — perguntou, enunciando cada palavra como um robô.

Eu não consegui segurar o riso. Ela virou o pescoço para me olhar.

— Que foi?

— Você tem que digitar — eu disse. — Escrever no teclado.

— Ah... — Bea olhou para o notebook de novo. — Eu sabia disso.

— Tá... tenho que ir — eu disse, me virando para pegar minha mochila. — Não clique em links estranhos nem desabilite meu bloqueador de anúncios; nem baixe nada de sites suspeitos.

— Não clique no que nem desabilite o que ou faça o que com alguma coisa de onde?!

Dei de ombros.

— Você vai descobrir. Bom, vejo você à tarde.

* * *

Não aconteceu nada demais na escola naquela quarta-feira; bem, talvez tenha sim. Talvez o sr. Porter tenha ido vestido de Taylor Swift e tenha apresentado uma versão do álbum 1989 inteiro com gaita de fole. Mas não faço ideia; minha cabeça estava em Bea, lá em casa.

Ela *era* real. Bea era um fantasma e era... *legal*?

Eu não sabia se "legal" era a palavra certa, mas, definitivamente, ela não era o que filmes e séries de TV me fizeram esperar de fantasmas. Ela não tinha uma aparência nem um pouco assustadora. Na verdade era até... bonitinha! Bem, se ela estivesse viva e, tipo, na fila do cinema na minha frente, ou na mesma aula de estudos sociais que eu, ou sei lá, eu... bem, eu não a chamaria para sair, mas definitivamente a notaria, e depois, nunca mais olharia para ela e passaria o resto da vida desejando ser o tipo de cara que sabia como convidar garotas para sair — comigo era assim com qualquer garota por quem já tivesse me interessado antes.

E ela não só era legal, mas também não tinha intenção de me machucar nem de cortar minha garganta, arrancar meus membros ou qualquer coisa que eu imaginaria que fantasmas tentariam fazer com a pessoa que estivessem assombrando. Na verdade, ela parecia querer ser minha amiga, o que era compreensível, acho. Eu também teria uma claustrofobia terrível se ficasse preso na mesma casa por vários meses.

Era muita coisa para processar. O que eu precisava era de informação, e sabia exatamente para quem perguntar.

— Oi, Lydia — eu disse quando finalmente a vi lá fora no intervalo. — Eu... o que está fazendo?

Lydia estava parada ao lado das portas principais da escola, com uma mão apoiada na parede externa do prédio, olhos fechados e testa franzida, como se estivesse se esforçando muito para se concentrar em algo.

— Shhh — disse ela, levantando um dedo para que eu esperasse.

Fiquei parado e esperei pacientemente enquanto ela ficava ali, inspirando e expirando lenta e ritmicamente, concentrando toda sua atenção na... parede da escola?

Ela abriu os olhos e sorriu para mim.

— Pronto. E aí, Cole?

— Não, não consigo ignorar isso; foi estranho demais para ignorar. O que estava fazendo?

— É que eu não fui muito bem na prova de álgebra online do sr. Morris, então, estava me comunicando com o espírito da escola e pedindo que me desse outra chance.

— A escola tem um espírito?

— Não do jeito que está pensando. Prédios não têm alma, claro — disse Lydia. — Mas têm energia vital, é claro, como todas as coisas do universo.

Fiquei olhando para ela.

— É claro.

— Mas e aí, Cole? — disse ela, afastando-se da parede e voltando para a entrada da escola.

Eu a alcancei.

— Escuta, você sabe, tipo, tudo de fantasmas, não é?

— Ninguém sabe tudo de fantasmas, Cole. O véu de nossa existência compartilhada e todos os segredos contidos nela são complexos demais para que qualquer pessoa possa dizer que...

— Você sabe *muito* de fantasmas, não é?

— Mais que um estudante comum, eu diria.

— Legal. Então, supostamente, digamos que uma pessoa esteja sendo assombrada por um fantasma.

Os olhos dela brilharam.

— *Você* está sendo as...

— *Supostamente* — repeti, depressa. — Estou só fazendo uma pesquisa para uma... história em quadrinhos que estou criando.

— Ah — ela murchou. — Que chato.

— Então, tipo, supostamente, como é que os fantasmas agem? Eles são malignos, mas podem assumir formas legais, inclusive visualmente agradáveis? Podem fingir ser nossos amigos e então, tipo, comer nosso coração e tal?

— Fantasmas não comem coração, Cole. E nem são malignos — disse ela, como se fosse óbvio. — Bem, alguns podem ser, claro, assim como algumas pessoas vivas são. Mas, basicamente, fantasmas são apenas pessoas que morreram e não conseguiram seguir seu caminho por uma razão ou outra.

— Tá... Então, muito supostamente, 100% só um pensamento mesmo, se eu esbarrar em um fantasma, não seria tipo nada demais, não é? Seria só uma pessoa que estava viva, mas que não está mais. Não alguém que tentará dominar o mundo ou se transformar em um homem gigante de marshmallow e tentar destruir Manhattan, não é?

— Acho difícil isso acontecer, mas eu não diria que não é "nada demais" — disse Lydia. — É importante para eles.

— Para *eles*? Tipo, para o *fantasma*?

— Sim. Fantasmas estão mortos, Cole, e este é o mundo dos vivos. Eles não deveriam estar aqui — ela sacudiu a cabeça. — Se estão, é porque algo deu errado na morte deles. E sempre tem um preço a se pagar.

— Como assim?

— Depende do motivo pelo qual eles não conseguiram seguir seu caminho. Mas o principal é: um fantasma no mundo dos vivos é uma perturbação no equilíbrio cósmico das energias vitais de nosso universo.

— E toda essa perturbação do equilíbrio cósmico das energias vitais de nosso universo é ruim?

— Não é o ideal... — ela se virou para mim. — Olha, Cole, fantasmas são pessoas mortas. E pessoas mortas não deveriam mais estar por aqui. Se estiverem, tem alguma coisa errada.

— Entendi... — concordei com a cabeça devagar, sem saber se tinha mesmo entendido tudo que ela disse.

— Só isso?

— Sim... Acho que sim. Obrigado, Lydia.

— Nada!

Estava saindo assim que um garoto com o boné virado para trás passou por nós. Ele se virou e gritou:

— Lydia, ficou sabendo da prova do sr. Morris? Acabaram de dizer que deu um problema no site, vamos precisar fazer a prova de novo semana que vem.

O garoto seguiu seu caminho e eu me virei a tempo de ver Lydia pousar a palma da mão na parede da escola e sussurrar, de olhos fechados:

— Obrigada.

* * *

Cheguei da escola naquela tarde e, no meio da escada, percebi que tinha música vindo do quarto.

Parei na porta. Alguém colocou *Yesterday*, dos Beatles, lá dentro.

Entrei. A música saía do meu notebook, mas não tinha ninguém ali.

Minha cama rangia e marcas do tamanho de um pé apareciam e desapareciam no colchão, em um padrão circular.

Em cima da cama, o controle remoto flutuava no ar, movendo-se para a esquerda e para a direita, como se estivesse sendo segurado por...

Abri um sorriso. Então, sem dizer nada, fui até minha mesa, peguei o anel e o coloquei. A voz de Paul McCartney foi imediatamente acompanhada pela de Bea, e me virei. Encontrei-a de costas para mim, em pé na cama, com o controle remoto na frente dos lábios como um microfone de mentira, cantando a plenos pulmões para Norman, que estava deitado no chão ao lado da cama observando-a.

Ela tinha uma voz bonita, como se já tivesse estudado canto.

Estava curtindo muito a música, segurando o controle remoto com as duas mãos e flexionando um pouco os joelhos para dar tudo de si nas palavras finais.

Bea parou e ficou ali, de costas para mim, absorvendo as últimas notas da música que iam desaparecendo e se perdendo no silêncio.

Sacudi a cabeça e segurei o riso.

— Obrigada, Spectral Valley — disse ela, curvando-se para uma multidão imaginária que deveria estar ao redor de Norman.

Eu bati palmas e disse:

— Não, obrigado a você, srta. Jenkins!

Ela gritou, se virou para mim, tropeçou nos próprios pés e caiu no chão, atrás da cama.

CAPÍTULO 15

Bea

— **Caramba, quer me** matar de susto? — eu disse, no chão, engatinhando de volta para a cama.

O gato com ar arrogante olhou para mim inexpressivo, me julgando em silêncio.

— Pensei que você já estivesse morta — disse Cole, com um meio sorriso nos lábios, e me estendeu a mão.

— Engraçadinho. Não podemos nos tocar, lembra? — eu dispensei sua mão e me levantei, ajeitando meu vestido. — Olá. Que bom que voltou — eu disse, controlando meu tom de voz em uma tentativa de proteger o pouco que restava da minha dignidade.

Cole se jogou na cadeira, ainda ostentando aquele meio sorriso irritante.

— Você canta bem.

— Se acha que estou envergonhada porque me pegou no flagra, não estou — eu disse, envergonhada por ele ter me pego no flagra. — Tenho orgulho de minhas habilidades musicais. E tenho uma voz linda. Era justo que eu a compartilhasse com seu bichinho de estimação.

O gato continuou sentado em seu lugar perto da janela, me lançando um olhar indiferente.

— Não sei se ele gostou, a julgar pela sua cara, mas...

— Norman olha assim para tudo — disse Cole. — Como se estivesse fazendo um favor ao mundo por existir.

Norman, o gato, se virou brevemente para Cole e, com toda a pompa de um rei, levantou-se e saiu devagar do quarto.

— E aí, aprendeu muito com a internet? — perguntou Cole.

— Aprendi sim.

Era verdade, eu *tinha* aprendido muito com aquela coisa mágica, aquele minicinema chamado notebook.

— Aprendi sobre computadores. E descobri que os filmes agora têm som. E que os telefones são feitos de magia. Ah, e que todo mundo se odeia sem motivo.

— É, a internet é assim mesmo...

— Também descobri um *monte* de música nova, do futuro. Já ouviu falar de uma banda chamada Beatles? É ótima!

— Beatles... não, deve ser uma banda alternativa.

— Nossa, é tão injusto tanta música boa passar despercebida!

Cole sorriu. Ele se virou para o outro lado, mas logo para mim de novo. Observou meu rosto por um momento.

— Que foi? — perguntei.

— Então... você gosta de música?

— Tá de brincadeira? — eu disse. — Música é minha vida! Digo, *era* minha vida. Meus pais eram músicos, então eu praticamente fui criada dentro de um conservatório. Eu toco piano. Bem, tocava, quando era viva. Você não tem piano em casa, não é? Talvez no quarto de sua mãe ou...

— Foi mal... tenho um piano de brinquedo no sótão, em algum lugar, de quando eu era criança... mas acho que não funciona.

— Poxa... — meu olhar pousou no violão acústico na parede. Apontei para ele com a cabeça. — Você é muito bom, sabia? Ouvi você tocar outro dia, quando não sabia que eu estava aqui.

Cole ficou olhando para o violão. Ficou constrangido, não sei por quê, e sacudiu a cabeça.

— Eu não toco. Não mais.

— Como assim?

Ele manteve os olhos no violão por um instante e, de repente, pareceu-me triste.

— Eu só... não toco. Mas —, disse, mudando de assunto e girando a cadeira de novo de frente para o notebook. — Se gostou dos Beatles, veja isto.

Ele digitou umas palavras e, um segundo depois, uma música saía pelos alto-falantes. Eu me sentei e escutei.

Ouvi um arpejo limpo e claro, logo seguido por uma voz masculina cantando com um sotaque britânico suave.

— É lindo! — eu me aproximei dele. — O que é?

— David Bowie — disse Cole, observando meu rosto com atenção e analisando minha reação. — É... rock. Como Beatles.

— Rock...

— Bombou alguns anos depois que você morreu.

Continuei ouvindo. A música foi crescendo com os primeiros versos, enquanto o homem cantava sobre uma garota com cabelo castanho claro, telas de cinema e marinheiros, culminando em um refrão que parecia explodir ao nosso redor, como se ele estivesse tentando conter as notas, mas, finalmente, não conseguisse mais conter toda aquela emoção e soltasse tudo.

Era *incrível*.

— Gostou?

— Adorei.

Eu me sentei na cama ao lado dele, com os olhos fixos na tela brilhante, e perguntei:

— Então, quanta música exatamente tem nessa coisa mágica chamada internet, afinal?

— Praticamente tudo que já foi gravado...

Me virei para ele.

— Patranha!

— Essa banda eu não conheço.

— Não, eu... é uma expressão — me inclinei para frente. — É uma expressão da minha época, significa "mentira".

— Não, é verdade. Veja, digite alguma coisa.

Cole virou o tijolo mágico — o notebook — para mim. Olhei para ele, insegura.

— É só digitar uma música ou nome de um músico e vai aparecer. Qualquer coisa.

Digitei *The Boswell Sisters* e apareceram vários resultados.

— Aí está! — eu disse. — Tem tudo mesmo...

— Aperte o play, quero ouvir — disse Cole.

Apertei o play. A música começou; uma introdução suave de piano, em staccato, logo seguida pela voz das irmãs cantando naquele seu estilo harmonizado, acompanhando o piano em uma melodia alegre de blues.

— Quem é? — perguntou Cole um pouco depois.

— Era uma das minhas favoritas quando eu era viva — eu disse. — Mamãe e papai as ouviram ao vivo pela primeira vez em Nova Orleans quando eu era criança, e depois, colocavam para tocar em casa o tempo todo. Foi uma das primeiras músicas que aprendi a tocar no piano.

Cole se recostou, ouvindo a canção que continuava. Logo começou a balançar a cabeça, devagar primeiro, depois com mais ritmo.

— Gostei. Adoro harmonias vocais.
— Harmonias vocais são as melhores! — eu disse. — Gostou mesmo?
— Sim, é incrível.

Continuamos ouvindo, e quando a canção acabou, ele me fitou e eu sustentei seu olhar; depois de um momento, apontei para a tela e disse:

— Agora sua vez. Mostre-me outra.

* * *

Ficamos acordados a noite inteira conversando. Cole me mostrou outras músicas novas — artistas estranhos com nomes ainda mais estranhos, como *Miles Davis, Frank Sinatra, The Clash, Public Enemy, The Red Hot Chili Peppers, Fiona Apple, Pearl Jam, Nirvana, Frank Ocean*...

E eu mostrei para ele Ethel Waters, Jelly Roll Morton, Louis Armstrong e todos os outros da minha época, e ele pareceu gostar muito deles também. Ele não tinha vitrola, por isso não podíamos pôr meus discos que ainda estavam no armário. Mas ele gostou de olhá-los, e ficou me fazendo perguntas sobre os cantores, que tipo de música tocavam e quais eram meus favoritos...

Conversamos sobre o que considerávamos as melhores escalas musicais, o ritmo perfeito para uma música dançante e o melhor instrumento para cada humor, além de um milhão de outras coisas, e antes que percebêssemos, já tinham se passado horas.

Foi bom, estranho e novo, finalmente ter alguém que ouvisse minha voz outra vez. E não só que ouvisse, mas que me perguntasse coisas, se interessasse, e quisesse saber mais das minhas opiniões, minhas ideias e minha vida.

Foi bom, depois de tanto tempo, ser vista de novo.

— O que você mais ama nisso? — perguntou Cole.

Estávamos deitados lado a lado em sua cama enquanto seu notebook mágico enchia o quarto com *Always*, de Irving Berlin, outra das minhas favoritas daquela época.

— Nisso o quê?

— Disse que a música era sua vida. Você entrou nessa porque seus pais tocavam ou...

Eram quase quatro da manhã, e pela janela vi a rua escura e deserta, ouvi o canto distante e rítmico das cigarras que se infiltrava no quarto, misturando-se à música.

— Não — eu disse. — Digo, no começo, eles me colocaram nas aulas de piano bem cedo, e sempre tinha música tocando pela casa a qualquer hora do dia... mas eu sempre adorei. Desde que me lembro.

— Por quê?

Pensei um pouco.

— Porque é um jeito de expressar coisas que não podem ser ditas em palavras — respondi, por fim, e me virei para ele. — A música transcende o tempo, o espaço e qualquer outra coisa que possa ficar entre as pessoas. Entende o que quero dizer?

— Sim... acho que sim — disse Cole. — Como Irving Berlin. Ele morreu há muito tempo, mas veja só, ele está aqui, tocando piano para nós agora. Está... ao nosso redor, mesmo morto.

A música tocava suavemente no notebook mágico de Cole; as notas do piano pareciam novas, brilhantes e cheias de significado, como se cada compasso musical estivesse ganhando vida naquele momento, só para nós dois.

— Exatamente — virei-me para ele de novo; meus pensamentos vagando para o passado. — Lembro que um homem ia à minha casa, seu nome era Helio. Era um grande saxofonista, amigo de meu pai. Ele era da América do Sul e tinha acabado de se mudar para os Estados Unidos, por isso, não falava inglês muito bem. Enfim, enquanto meus pais e seus amigos ficavam preparando seus instrumentos para ensaiar, fazendo brincadeiras, conversando, compartilhando bebidas, cigarros e tudo mais, Helio ficava sentado em seu lugar, quieto, olhando para o chão, sem entender nada do que estava sendo dito ao seu redor. E em seus olhos eu via uma solidão incrível, e lembro que, uma vez, percebi que provavelmente ele não se sentia tão só ali, em casa, mas sim em todos os lugares. Todo lugar que ia neste país novo ele se deparava com palavras e costumes estranhos que não entendia, e tudo o que podia fazer era olhar para o chão e ouvir; era apenas um observador passivo da vida, nunca interagia com nada nem com ninguém. E eu me lembro de sentir pena dele.

Depois de uns instante, dei um leve sorriso e prossegui:

— Mas quando os instrumentos estavam prontos e meu pai reunia todos e marcava o compasso, Helio levantava os olhos e levava seu sax aos lábios e... no instante em que a música começava, tudo era diferente. Seu comportamento mudava. Ele se sentava mais ereto, olhava a todos nos olhos. Começava a tocar e, de repente, era como se falasse. Não com palavras ou frases, mas com notas. Alguém tocava uma frase no piano ou um acorde em um banjo e se voltava para Helio e ele respondia imediatamente; e então, dizia algo novo e o enviava para outra pessoa... e começava toda uma conversa nova entre todos, da qual ele fazia parte, que ele entendia.

E toda aquela solidão em seus olhos se derretia mais a cada nota. E por fim, você via que se sentia compreendido. Por fim, ele se sentia ouvido.

Cole ficou olhando para mim um tempão. Abriu a boca para falar, mas parecia ter algo preso na garganta.

— Que foi? — perguntei.

— Nada — disse ele. — É que... eu sempre me sentia assim com meu pai. Quando tocávamos juntos. Tipo, nós nos dávamos bem, conversávamos sobre tudo e tal, e estava tudo bem, mas nunca me sentia tão próximo dele como quando tocávamos violão juntos. Tipo, tinha um lugar ao qual a música podia nos levar que nossas palavras nunca poderiam alcançar. E era só nosso. Mas agora é só... agora não consigo mais chegar a esse lugar.

Ele fungou e respirou fundo. O piano de Irving lentamente desapareceu e se tornou silêncio, e por um segundo o quarto ficou vazio a não ser pelo som das cigarras lá fora e da suave respiração de Cole.

— Foi seu pai quem lhe ensinou a tocar? — perguntei, depois de um tempo.

Cole acenou com a cabeça.

— O que aconteceu com ele?

Ele deu de ombros.

— Ataque cardíaco... ele estava aqui e, de repente, não estava mais.

Cole desviou o olhar. Respirou fundo e seu peito tremeu.

— Desculpe... é difícil pensar nisso.

— Mostre-me algo de que ele gostava. Algo que vocês tocavam juntos — pedi.

Cole ficou me olhando um bom tempo. Até que se sentou, guardou o notebook mágico e pegou seu telefone mágico. Deitou-se na cama ao meu lado de novo e pegou um fio com duas coisinhas minúsculas em pontas opostas e disse que se chamavam "fones de ouvido".

— Tome, coloque — disse ele, oferecendo-me uma ponta do fio.

Cada um de nós colocou um fone de ouvido e Cole apertou o play. Um violão acústico suave começou a tocar. Emitiu alguns acordes antes de ser acompanhado por uma voz masculina, que cantava quase como um sussurro.

— O que é? — perguntei.

— Chama-se *I'll Follow You into the Dark*, de Death Cab for Cutie — disse ele. — Eu ouvia essa banda o tempo todo quando era mais novo. Meu pai me ouviu tentando tocar essa música no violão dele, uma vez, quando eu era pequeno, antes mesmo de eu saber tocar, e... ele colocou a música para tocar, tirou-a de ouvido, e foi a primeira música que me ensinou. E a primeira música que tocamos juntos.

Continuei ouvindo. A letra da música falava sobre uma pessoa que ele amava muito, e que depois que ela morresse, ele a seguiria e se asseguraria de que ela não cruzasse para o outro mundo sozinha. Era lenta, bonita e muito triste, mas tinha uma esperança na melodia que unia tudo.

Ficamos ouvindo, olhos nos olhos, e conforme a música tocava, fui vendo os olhos de Cole ficarem marejados.

Por fim, a música acabou. Cole se virou para mim de novo. Olhos nos olhos.

— É lindo — eu disse, por fim.

Ele sorriu.

Fiquei com vontade de chorar, mas não desviei o olhar. Cole não disse mais nada, nem eu.

Pensei nos velhos tempos, na música que enchia a casa de meus pais sempre que eles reuniam pessoas e tocavam. Pensei no bonde e no momento que tudo mudou para mim, e pensei nos meses que tinha passado sozinha naquela casa, sem ser ouvida nem vista por ninguém, sentindo-me presa, assustada e tão sozinha... Até que Cole apareceu, encontrou o anel e me viu.

Pensei em quanta falta sentia de meus velhos tempos, minha velha vida antes de morrer. Minha família, meus amigos, minha casa, meus discos... aquela sensação de que eu pertencia a um lugar e estava onde deveria estar, cercada por um mundo que eu entendia. Queria poder ter tudo de volta, mesmo que só por um dia, por um minuto apenas.

Eu ainda ficava apavorada ao pensar em como seria meu futuro, se um dia eu sairia dessa situação ou se seria um fantasma para sempre. Se eu conseguiria sair e ver o mundo fora de casa. Mas, deitada ali ao lado de Cole, olhando em seus olhos, pela primeira vez esses pensamentos não me incomodaram. Não é que não me deixavam triste, assustada ou ansiosa; é que simplesmente desapareceram nas profundezas de meu coração, e eu, finalmente, pude ficar tranquila e curtir o momento. Não sentia necessidade de animação, distrações, pegadinhas com corretoras de imóveis ou qualquer coisa do tipo. Eu podia apenas ser... por um segundo, e era o suficiente. Mais que suficiente.

Senti minha mente vagando, meus pensamentos ficando cada vez mais distantes enquanto meus olhos se fechavam lentamente. E ali, embalada por nada mais que as cigarras e o ritmo da respiração de Cole ao meu lado, pela primeira vez desde que tinha morrido não senti medo.

Eu me senti em paz.

CAPÍTULO 16

Cole

Os dias seguintes passaram voando, cheios de coisas chatas na escola e horas de conversa com Bea sobre tudo e qualquer coisa em casa. Todos os dias eu acordava, ia para a escola, sentava no meu lugar tranquilo no fundo da sala, esperava impaciente para o dia acabar, e finalmente corria para casa, para Bea, e nós dois passávamos a maior parte da tarde juntos, ouvindo música, falando sobre seus velhos tempos ou sobre qualquer coisa. Não faltavam assuntos sobre os quais Bea tinha uma opinião formada, e depois de tantos meses sozinha naquela casa, ela ansiava por discutir todos eles comigo.

E eu me vi ansioso para ouvi-la. Era bom ter alguém com quem conversar de novo. Em Nova York, eu tinha meus amigos da banda e da escola, mas não falava com eles desde que me mudei. Na verdade, não falava muito com eles desde o que aconteceu com meu pai. Nos distanciamos, e eu sabia que a culpa era, na maior parte, minha. Eles tentaram falar comigo depois do que aconteceu, mas eu sempre dava desculpas e os ignorava. Então, aos poucos, eles pararam de ligar e de mandar mensagens, e eu não tinha energia para ir atrás deles e me desculpar, e antes que eu percebesse, estava sem amigos em Nova York — e depois, sem amigos em Spectral Valley quando nos mudamos.

A verdade era que eu não queria ser consolado, ouvir que ficaria tudo bem, ou que me arrastassem para uma noite de diversão e bebida para "distrair a cabeça". Depois de papai, tudo que eu queria era ficar sozinho em meu quarto com minhas músicas e séries e o fluxo infinito de conteúdo nas redes sociais que poderia esvaziar minha mente de tudo.

Mas, com Bea, finalmente comecei a me sentir eu mesmo de novo. Era emocionante ter algo pelo qual ansiar quando eu estava na aula ouvindo o sr. Porter falar sem parar sobre *O grande Gatsby*. Eu me pegava olhando o celular um milhão de vezes por hora para ver quanto tempo faltava para a aula acabar.

Quanto tempo faltava para eu poder ver Bea de novo.

* * *

Na quinta-feira, cheguei em casa depois da escola e encontrei Bea sentada em minha cama, que ficava perto da janela, com o queixo apoiado no punho fechado, observando o céu.

— Oi — eu disse, jogando meus tênis e mochila de lado e entrando no quarto.

— Vem aqui — disse ela, sem tirar os olhos do céu. — Tem que ver uma coisa.

Sentei-me ao lado dela e voltei o olhar para cima também.

— O que estamos olhando?

— Está chegando, espere só. Passa um a cada vinte minutos; é uma loucura.

Fiquei olhando e, depois de um tempo, ouvi um leve zumbido lá fora.

Lá em cima, por trás do telhado, surgiu um avião, bem alto, com suas luzes vermelhas e brancas levemente visíveis, piscando ritmicamente enquanto cruzava o céu.

— É o quinto em uma hora — disse Bea, endireitando as costas e se inclinando para frente com os olhos arregalados. — Olha. Olha só.

Abri a janela para que ela pudesse ver melhor.

— Mas tinha aviões na sua época, não é? — perguntei, pondo a cabeça para fora da janela para observar o avião com ela.

— Assim não! Agora, estão em todo lugar — ela se virou para mim. — Quando eu era criança, adorava os aviões. Eram uma coisa nova e brilhante, todo mundo falava deles. Minha mãe ia me levar para ver um em uma exposição, uma vez, mas choveu naquele dia e o passeio foi cancelado, então, nunca pude ver um de perto... — ela se voltou para fora para olhar de novo. — Sonhava em ser piloto um dia... acho que não era sério, mas...

— Por que não era sério? — perguntei.

Ela me olhou com uma expressão cética.

— Ora, porque sou uma garota. Quantas garotas pilotos existem? Bem, Amelia Earhart era batuta, mas fora ela...

— Batu... o quê?

— Batuta, supimpa.

— É o quê?

— Suruba!

— Está ficando maluca?!

— Estou dizendo que Amelia Earhart era incrível! Eu nunca poderia ser como ela, por isso não era sério — disse Bea, olhando para o céu.

— Bem, eu acho que você poderia, sim — disse, mas logo me interrompi —, mas, claro, você não ia querer acabar como ela...

— Aconteceu alguma coisa com Amelia Earheart?!

— Não, nada — eu disse rápido. — Pelo que sei, ela morreu de velhice cercada das pessoas que amava. Por quê?

Bea observou meu rosto por mais um instante e logo se voltou para o céu, sacudindo a cabeça.

— Eu só queria ver um de perto um dia...

As luzes piscantes iam se afastando. Nós dois colocamos a cabeça para fora para ver o avião desaparecer.

Me virei e olhei para Bea. Ela fixou os olhos nos meus e, de repente, nós dois percebemos, ao mesmo tempo, que meu rosto e o dela estavam muito perto.

Nenhum dos dois se mexeu. Eu cheguei a sentir um pouquinho daquela sensação esfuziante e fria de quando sua mão ou outra parte de seu corpo passava por mim.

Mas então, eu percebi outra coisa.

— Bea...

— Sim... — disse ela, sustentando meu olhar.

— Você está... fora.

— Como é?

— Sua cabeça. A minha e a sua! Estão fora. Fora de casa!

Bea olhou para o peitoril da janela, para mim e para o quintal à nossa frente. Jogou o corpo para trás e colocou a cabeça para fora de novo.

Agitou as mãos além da linha do peitoril da janela.

— Meu Deus... — disse ela, devagar, então, virou-se para mim e sorriu. — Ah, meu Deus, Cole!

CAPÍTULO 17

Bea

Fiquei parada diante da porta aberta, com a ponta dos sapatos atrás da soleira que separava a casa que me manteve presa e longe do mundo exterior nos últimos meses.

Olhei para Cole, insegura.

— Vamos lá — disse ele. — O que está esperando?!

— Espere, espere; este é um grande momento!

Dei uns pulinhos e mordi o lábio inferior, animada.

— Pelo amor de Deus, feche os olhos e vá!

— Tá, tá bem! Aqui vou eu!

Apertei os olhos, levantei o pé... dei um passo à frente.

Eu estava esperando ser jogada para trás por aquela força invisível de novo, e quando isso não aconteceu, tropecei para frente e quase caí de cara no alpendre.

Logo me recompus e olhei para trás. Lá estava a porta, atrás de mim. E o jardim e a rua à minha frente.

Eu estava oficialmente no mundo lá fora!

— Você conseguiu! — Cole se aproximou de mim. — Está fora de casa!

— Eu estou... fora de casa — eu disse, devagar, e logo sorri e bati palmas. — Cole, eu estou fora de casa!

Foi tão bom, e libertador, e emocionante, que eu poderia abraçá-lo bem ali, quer dizer, se eu pudesse ....

— Mas como? Como você saiu?

Eu parei.

— Não... não sei.

Olhei para ele, depois para o anel, ainda em seu dedo mindinho.

— O anel... — eu disse, devagar.

— O quê?

— Deve ser o anel — repeti. — Pense bem; fui trazida de volta quando aquela garota o colocou no dedo a primeira vez... depois disso, só posso ser vista e ouvida por você, quando está com o anel...

— Mas aquela garota não podia vê-la — disse Cole —, mesmo estando com o anel.

Pensei nisso.

— Bem, ela não estava olhando para mim quando colocou o anel; estava mexendo nas minhas coisas dentro do armário, eu estava atrás dela — parei um pouco, pensando naquele momento. — E ela também não me ouviu por causa da música!

— Que música?

— Ela estava usando esses fones de ouvido que você tem, ouvindo música! Quando ela se virou, já tinha tirado o anel, então, obviamente, não podia me ver. Mas se ela tivesse ficado com o anel no dedo, teria me visto, porque... — parei de novo, pensando em como as coisas se encaixavam —, porque eu não estou assombrando a casa, eu estou assombrando *aquele anel*. O que significa que aonde quer que ele vá, eu posso ir!

— Que estranho eu estar em um ponto de minha vida em que tudo que você acabou de dizer faz todo o sentido.

Fechei os olhos para sentir o ar do outono em meu rosto, sentindo-o pela primeira vez em meses.

— Não acredito que finalmente saí de casa...

Cole se aproximou mais de mim.

— Então, onde você quer ir primeiro?

* * *

Passamos o resto da tarde andando por Spectral Valley (Quantos carros! Quantas pessoas! Quantas luzes!), vendo todas as mudanças que tinham ocorrido na cidade em cem anos.

Bem, eu estava vendo, Cole estava apenas comigo no passeio, vendo-me apontar para os lugares e exclamar: *Aqui era uma biblioteca!* e *Esta era a melhor fonte de refrigerante da cidade*, e *Bem ali ficava a gaiola da cidade!*

— Gaiola? — perguntou Cole, enquanto passávamos pelo edifício abandonado.

— Sim, o rebotalho.

— Re o quê?

— Rebotalho, chave, caldeirão!

— Tipo uma caldeira pública?
— Não! O lugar onde a bófia colocava os gângsters!
— Onde a bófia colocava... você quer dizer prisão?
— Dã, foi o que eu disse!
— Não me venha com "dã"! É que você fala engraçado.
— Ah, como se você não falasse coisas esquisitas tipo *bater papo, ficar de boa* e *notebook*...

Andamos por horas, debatendo os méritos e deméritos das minhas gírias versus as dele, todas as mudanças que tinham ocorrido na cidade e o que era melhor agora e antes, até que nos vimos perto do calçadão de Spectral Valley.

A tarde estava chegando ao fim, o céu era um dossel de tons de rosa e roxo acima de nós; caminhávamos lado a lado passando pelas barracas de cachorro-quente que já quase fechavam, a roda-gigante vermelha e azul, as famílias felizes passeando, os cafés se preparando para fechar também, as gaivotas esperando ansiosas ao redor das mesas enquanto as pessoas recolhiam suas coisas e se preparavam para ir embora.

— Não é justo — eu disse, olhando para o sorvete de morango e banana que Cole tinha comprado e fazia questão de saborear bem debaixo do meu nariz. — Não posso comer nada... sinto falta de comida!

— Está *ótimo*, por falar nisso — disse ele. — Tipo, talvez seja o melhor sorvete que já tomei na vida.

— Você não é tão engraçado quanto pensa, sabia?
— Sim, eu sei, é deprimente. Mas sabe o que me faz sentir melhor?
— Cale a boca.
— O melhor sorvete do mundo.
— Cale a boca, cale a boca, cale a boca.

Ele se virou para mim e sorriu. Sabia que ele estava me olhando, mas não me virei para ele; deixei seus olhos pousados em mim. Pouco depois, chegamos ao calçadão. Cole se apoiou no corrimão de madeira, de costas para o oceano. Eu fiquei de frente, com os olhos fixos nas ondas que quebravam embaixo do píer.

— O que está achando do mundo moderno até agora? — perguntou Cole.

— Antes de mais nada, 1928 era "o mundo moderno" — corrigi. — Isto aqui é o futuro.

Fiquei de frente para o calçadão, observando as pessoas com os olhos em seus telefones mágicos, os painéis eletrônicos nas vitrines, a música dos alto-falantes, a cacofonia de vozes ao nosso redor.

— Tenho sentimentos contraditórios em relação a isto aqui.

— Como assim?

À nossa frente, duas garotas posavam para uma foto diante do telefone mágico e, ao lado, um jovem girava em círculos em cima de uma prancha com uma roda embaixo que parecia algo saído diretamente de um circo futurista.

Tinha uma sensação familiar de perda; aquela ansiedade, solidão e incerteza que carregava há meses. Tudo diminuiu um pouco depois da noite passada com Cole, mas naquele momento, estava voltando. Virei-me e olhei para o oceano de novo. Acima de nós, vi as primeiras estrelas surgindo no céu que escurecia rapidamente. O sol não passava de uma camada fina rosa diante das nuvens. Logo seria noite. As ondas espirraram água gelada, que trouxe consigo o cheiro forte do mar e lembranças de férias há muito tempo com meus pais. Percebia vagamente vozes distantes, risadas, a música que chegava do calçadão, onde famílias, casais e crianças curtiam os últimos momentos de luz pálida do sol antes de recolher tudo e começar a viagem de volta para casa para jantar, tomar banho, trocar beijos de boa noite e, por fim, a paz do sono antes de começar tudo de novo no dia seguinte, revigorados e prontos para continuar vivendo o resto da vida, todos tão alegremente inconscientes da sorte que tinham por poder se dar ao luxo de achar que tudo aquilo nunca acabaria.

Olhei para Cole.

— Bem, gostei de algumas coisas... — eu disse, devagar —, mas este não é meu lugar, não é?

— Que bobagem — disse Cole. — Claro que é seu lugar. Seu lugar pode ser onde você quiser.

Sacudi a cabeça, tentando encontrar as palavras certas.

— Este não é meu lar, Cole. O ano, as pessoas, o mundo inteiro agora é... estranho e assustador, e a maior parte dele eu nem entendo — suspirei. — Eu... é divertido aprender sobre David Bowie e notebooks mágicos e aviões que transportam centenas de pessoas pelo ar todos os dias, mas as coisas faziam sentido em minha vida antes de eu morrer. E eu sinto falta disso. Sinto falta de ir a um lugar onde eu sabia como era a música, reconhecia as roupas que as pessoas usavam, e não sentia que em todo lugar que vejo há algo novo e diferente que eu não entendo. — Fiquei quieta por um momento. — Acho que eu só queria poder me sentir em casa de novo um pouco. Mesmo que fosse só por um dia.

Ele ficou observando meu rosto por muito tempo, sem dizer nada. Até que se virou para o oceano e, por um momento, o rugido das ondas foi o único som entre nós.

— Acha que isso faz sentido? — perguntei por fim, insegura.

— Faz sim. É que... acho que nunca pensei como tudo isso deve ser difícil para você — ele olhou para mim. — Sinto muito.

Depois de ficar um tempo pensando, ele acrescentou:

— Mas... você vai acabar se acostumando, não é? Digo, com esta época e tudo o mais...

— Acho que sim, um dia — eu disse. — Mas é isso que eu quero? Porque se eu me acostumar com isto, significa que vou ficar aqui para sempre. Não sei por que nem como acabei assim, mas pensar que vou simplesmente... ser assim para sempre... e o tempo vai continuar e continuar e continuar, e você vai crescer e ir embora, e tudo ao meu redor vai continuar mudando e eu vou ficar presa aqui, assim, amarrada a esse anel, invisível e sozinha... Eu...

Sentia meu peito apertado. Parei de falar e respirei fundo, tentando me acalmar.

Ficamos em silêncio um tempo.

— Bobagem — eu disse, por fim, sacudindo a cabeça. — Estávamos nos divertindo e eu estraguei tudo e deixei você desanimado. Não sei por que eu...

— Não é bobagem — respondeu Cole. — Eu entendo. É que queria que houvesse algo que eu pudesse fazer para você se sentir melhor. Ou, pelo menos, para que se sentisse em casa de novo.

Eu ri.

— O que *você* poderia fazer?

— Não sei — disse ele. — Eu poderia, tipo, encontrar uma lâmpada mágica e fazer um pedido ao gênio e desejar que você voltasse à vida. Poderia dar certo.

— Ótimo plano. Onde fica a loja de lâmpadas mágicas mais próxima?

— Ah, quer dizer que anéis mágicos podem existir, mas lâmpadas mágicas são uma grande bobagem?

— Bem pensado. Mesmo assim, se você tivesse uma lâmpada mágica, não desperdiçaria seu desejo comigo.

— Não, provavelmente eu pediria um bilhão de dólares e a coleção de guitarras de Steve Ray Vaughan — disse ele. — Mas eu poderia usar esse dinheiro para construir uma máquina do tempo, voltar à década de 1920, gritar "Cuidado com o bonde, loirinha!" e salvar sua vida.

Sacudi a cabeça, rindo. Por um segundo, senti uma vontade incontrolável de deitar minha cabeça em seu ombro, pegar seu braço e puxá-lo para perto de mim. Cheguei mesmo a me aproximar e estender a mão, mas ela atravessou seu braço e senti aquela sensação esfuziante já tão familiar.

Fiquei parada. Cole olhou para minha mão, depois para meu rosto, enquanto eu recuava, envergonhada.

— Eu... — murmurei. — Desculpe, eu não sei o que...

— Não, está tudo bem, sério, eu...

Sua voz sumiu e, por um segundo, ficamos nos olhando em silêncio. Seu rosto estava tão perto que eu podia ouvir sua respiração.

— Nossa, odeio estar morta — eu disse, por fim. — Não é o ideal...

Nós dois nos debruçamos no corrimão de frente para a água de novo.

— Sabia que existe uma teoria que diz que tudo que pode existir já existe?

Eu franzi a testa.

— O quê?

— Meu pai me falou disso uma vez. Ele adorava ler sobre física de partículas e astronomia e todo tipo de livro sobre por que o universo existe. Quando não estávamos tocando música juntos, ele falava sem parar sobre a mais recente teoria maluca da física quântica sobre a qual tinha acabado de ler, dizia que o universo ficava cada vez mais estranho quanto mais o investigávamos.

Cole desviou o olhar por um instante, como se estivesse perdido em alguma recordação que tinha despertado profundamente dentro de si. Então, sacudiu a cabeça e prosseguiu:

— Enfim. Basicamente, a ideia *dessa* teoria é que para o universo existir, um monte de partículas precisou se reunir aleatoriamente para criar as condições para o Big Bang. Mas a questão é a seguinte: as chances de partículas aleatórias se reunirem assim são como uma em um bi-bi-bi-bilhão, certo? Então, só faz sentido que isso seja possível se houver tantas partículas por aí flutuando aleatoriamente que, por pura força bruta, algumas acabaram se reunindo na configuração certa para criar nosso universo — ele se calou por um momento. — Só que, se isso for verdade, é lógico que um monte de *outros* universos também brotariam dessa confusão gigante de partículas flutuantes. Sem dúvida, qualquer universo é incrivelmente improvável, mas se houver tempo e partículas suficientes, todas as coisas improváveis acabarão acontecendo. O que significa que...

— ...que tudo que pode existir, já existe — eu disse. — Entendi.

— Exatamente.

Ele se voltou para a água. O céu tinha adquirido um tom escuro de roxo, quase preto, e a noite finalmente chegou. Ficamos ali, banhados pelos flashes da roda gigante e pela luz amarela dos postes de luz que ladeavam o píer, e por um momento eu me senti em uma espécie de oásis com ele, presos entre a vasta e silenciosa cidade atrás de nós e o oceano se espalhando na frente.

— O que significa — prosseguiu Cole, indicando a escuridão estrelada acima de nossa cabeça — que, em algum lugar ali, nesse vasto e inexplicável vazio, há uma versão da Terra onde nós dois estamos neste mesmo lugar, assim como estamos agora... só que nós dois estamos vivos, e estamos falando que existe um mundo no qual você é um fantasma e eu não, e que isso deve ser muito estranho para nós dois.

Aquela possível realidade pairava sobre a água que se agitava à nossa frente, e por um segundo me pareceu que eu podia ouvir, ver e sentir o cheiro desse mundo no qual Cole e eu éramos do mesmo tempo, e podíamos nos tocar, ele sempre podia me ver e me ouvir, as coisas eram fáceis, maravilhosas e eternas.

Então, lentamente, tudo se desfez e caiu como névoa no oceano.

Olhei para o céu.

— Bem, também há uma versão na qual é você quem está morto.

— Sim, mas...

— E uma versão na qual nós dois estamos mortos.

— Claro, mas o que quero dizer é...

— Também uma versão na qual um tubarão invisível que também é capaz de andar sobre a terra simplesmente pulou no píer e comeu sua cabeça, e eu estou aqui gritando a plenos pulmões, muito confusa, porque, do meu ponto de vista, sua cabeça simplesmente desapareceu e surgiu um jato de sangue e eu não sei por que e nada faz sentido.

— Tá, isto já está ficando meio...

— Também uma versão na qual estou conversando com o tubarão e um Cole invisível sai da água e...

— Já me arrependi de ter tocado nesse assunto...

Eu sorri para Cole e ele sorriu para mim, e de novo eu queria muito tocá-lo. Mas, dessa vez, não estendi a mão.

Ficamos ali um tempo, olhando um para o outro. Cole mexeu no anel que estava em seu dedo mindinho. Então, ergueu os olhos e disse:

— Vamos voltar?

Ele foi andando à minha frente e eu o observei por um segundo. E acho que foi naquele momento, no calçadão, depois daquela tarde juntos, observando-o se afastar de mim sob aquelas luzes vermelhas e azuis da roda gigante, de cabeça baixa, ainda mexendo no anel, que percebi pela primeira vez:

Eu estava apaixonada pelo Garoto de Coração Pulsante.

CAPÍTULO 18

Cole

Voltamos do calçadão para casa a pé, a maior parte do trajeto em silêncio. As casas, edifícios e lojas fechadas ao nosso redor encobertos pelo azul do anoitecer. Não conseguia parar de pensar no que Bea disse. Imaginava que ser um fantasma devia gerar muita ansiedade, além de ser assustador e estranho... mas nunca me dei conta de que também era solitário.

Por mais que nos déssemos bem, e por mais que Bea pudesse lidar surpreendentemente bem com o século de mudanças que o mundo de repente jogara na cara dela, no fim das contas ela ainda devia se sentir sozinha a maior parte do tempo. Suas experiências, suas memórias, sua percepção do mundo... nada disso fazia sentido aqui, agora. Em 2024, ninguém sentia o que Bea sentia em relação a nada.

A solidão de ter um monte de emoções dentro de si e ninguém que as pudesse entender... foi assim que me senti depois do que aconteceu com meu pai. Todos os meus amigos tinham pais vivos, o que significava que, de repente, meu mundo tinha virado de cabeça para baixo de uma maneira que não conseguia compartilhar com eles. Não sabia nem por onde começar para fazê-los entender. E essa foi uma das razões pelas quais eu me retraí, acho, e parei de responder às mensagens e ligações deles. Não tínhamos mais a mesma referência depois que meu pai morreu, nenhuma visão em comum do mundo para construir. Estávamos no mesmo lugar, mas vivendo em mundos diferentes.

E devia ser assim que Bea se sentia o tempo todo desde que tinha morrido. Ela tinha deixado para trás um mundo no qual se sentia em casa, era feliz e vista, e o queria de volta, nem que fosse só por um dia.

E quando chegamos a casa e entramos, pensei em uma maneira de dar isso a ela.

* * *

Depois do jantar, enquanto pensava nos detalhes do meu plano, Bea entrou em meu quarto pela porta (literalmente) e a abriu para Norman um segundo depois.

— Olhe isso aqui — ela se sentou no chão e pegou a bola de borracha de Norman. — Consegui fazê-lo brincar comigo! Olhe, olhe, olhe.

Norman se sentou diante de Bea. Ela colocou a bola no chão e a fez rolar na direção dele.

Norman ficou olhando para a bola entre suas patas com uma aura desapaixonada. Olhou para a bola, para Bea, para mim e para a bola de novo, como se avaliasse se a situação realmente valia seu precioso tempo.

Então, lenta e meticulosamente, ele levantou a pata e jogou a bola de volta para Bea.

— Viu?! — disse Bea, animada. — Acho que ele está começando a gostar de mim.

— Muito fofo você pensar isso, mas Norman é incapaz de gostar de qualquer coisa.

Norman olhou para mim com sua expressão habitual de desaprovação. Bea jogou a bola para ele de novo, mas, dessa vez, o gato apenas se levantou, deu meia-volta e saiu do quarto.

— Eu avisei... — eu disse.

— Pois eu acho que ele gosta de mim.

Bea se levantou do chão e foi para a cama, perto da minha mesa, e tentou olhar meu notebook.

— O que está fazendo?

Fechei o notebook rápido para ela não ver o que estava pesquisando.

— Nada, estava só terminando umas coisas para a escola amanhã.

Girei a cadeira e me levantei.

Bea ficou um tempo onde estava, olhando para o nada, como se estivesse pensando profundamente.

— Hmmm... escola — disse baixinho.

— Que foi? — perguntei.

Ela olhou para mim e seu rosto foi iluminado por uma ideia repentina.

— E se você me levasse à escola amanhã?

— O quê? À escola?

— Por que não? Eu também estudei na Spectral Valley High; quero ver como é no futuro.

Eu sacudi a cabeça.

— Ah, não, não, não, não, não, não, isso não é uma boa ideia.

— Por que não?

— Porque eu preferiria não ser conhecido na escola como "o garoto estranho que fala sozinho".

Ela se levantou, animada.

— É só termos cuidado. Não vou falar com você perto de outras pessoas! Por que não podemos...

— Além do mais, amanhã é Halloween, a escola vai estar uma zona. Todo mundo vai estar fantasiado e...

— E daí? Halloween é o aniversário de minha morte! Mais uma razão para você fazer algo legal para mim!

— Não poss... espere aí! Você morreu no Halloween?

— Sim, por quê?

— Nada. É que é meio... assustador.

— Leve-me com você à escola!

Parei na frente dela e levantei as mãos.

— Escuta, Bea. O ensino médio já é assustador o bastante sem uma assombração de verdade.

— Tá, escutei, mas por favor!

— Sinto muito. Levo você aonde quiser depois, prometo, mas à escola não.

— Entendi. De verdade — ela deu um passo em minha direção, batendo os cílios. — Mas por favor, por favor!

Sacudi a cabeça.

— Olha, já entendi, você está fazendo essas carinhas fofas pedindo por favor, por favor, por favor para tentar me convencer...

— Por favor, por favor, por favor, por favor! Viu? Acrescentei mais um por favor, desta vez.

— ...mas escute bem: não tem literalmente nada que você possa fazer ou dizer que me faça mudar de ideia.

* * *

— Não mudou nada! — exclamou Bea, seguindo atrás de mim enquanto eu andava pelo corredor da escola e tentava ao máximo ignorá-la. — Exceto as pessoas — prosseguiu ela quando passamos por grupos de estudantes vestidos de esqueletos, bruxas e mortos-vivos. — As pessoas são muito diferentes. Vi uma garota de cabelo verde antes; você acha que ela está bem?

— Não vou conversar com você — sussurrei, para que só ela pudesse ouvir.

— Ah, tá, para não parecer que está falando sozinho. Desculpe.

Bea virava a cabeça de um lado para o outro, tentando absorver tudo.

— É tudo tão emocionante — dizia —, eu... espere aí! Essas pessoas estão fantasiadas de fantasma?

Ela foi desviando o caminho e eu me virei para segui-la, empurrando um grupo de vampiros que estava reunido perto dos armários.

— Espere, Bea — sussurrei, meio gritando. — Você não pode sair vagando por aí assim...

— Cole!

— MEU DEUS!

Dei um pulo para trás e quase caí no chão. Alguém com uma fantasia muito realista de algo que só poderia ser descrito como um Demônio Peludo e Chifrudo do Inferno parou à minha frente e acenou.

— Gostou da minha fantasia?

Respirei fundo e me encostei na parede para me recuperar. Reconheci a voz.

— Lydia?!

O Demônio Peludo e Chifrudo do Inferno tirou a máscara e revelou o rosto sorridente de Lydia.

— Quem mais?

— Que diabos de fantasia é essa? De ataque de pânico encarnado?!

— Sou uma Wendigo — disse ela, revirando os olhos. — É uma criatura supostamente mitológica da região dos Grandes Lagos que vive nas florestas de Michigan e come seres humanos.

— Que fofo...

Atrás dela, vi Bea aparecer no corredor, marchando em nossa direção de braços cruzados.

— Não sei o que eu deveria sentir em relação a essas crianças fantasiadas de fantasmas, mas acho que estou ofendida.

— Por que não está fantasiado? — perguntou Lydia enquanto eu olhava dela para Bea, que parou entre nós, avaliando minha amiga.

— Quem é essa esquisitona? — perguntou Bea, inclinando a cabeça em direção a Lydia. — É sua namorada?

Estava fazendo o possível para acompanhar as duas conversas, mas só consegui responder uma:

— Não, ela não é... digo, eu estou... estou fantasiado. Esta é minha fantasia.

— Espere aí... ela é mesmo sua namorada?

— Fantasia de quê? Está vestido como sempre.

— Não! Ela não é minha... digo, é que... minha fantasia é minimalista. Estou fantasiado de uma versão um pouco mais velha de mim mesmo. Bem pouco, tipo sete minutos mais velho. É pós-moderna.

— Tá...

— Podia ter me dito que tem namorada — disse Bea. — Por acaso acha que eu me importo?

— Eu não tenho namorada! — gritei, me virando para Bea.

Lydia franziu a testa.

— Você acabou de dizer àquele armário que não tem namorada?

— Eu não... — me virei para Lydia de novo. — Eu estava só... Digo, eu...

— Nossa — disse Lydia. — Estou sentindo uma vibração estranha. Bem aqui.

Ela deu um passo em direção a Bea e sacudiu a mão bem diante do rosto dela.

— Que coisa... desconfortável — disse Bea, afastando-se da mão de Lydia.

Lydia fechou os olhos, concentrando-se.

— É como uma energia... ou uma... presença ou...

— Cole, você poderia, por favor, pedir à sua não namorada para parar de sacudir as luvas em meu rosto?

Eu me coloquei entre as duas.

— Não sinto nenhuma presença. Ou seria presencia, fiquei confuso agora? Não...

— Tenho quase certeza de que presencia é espanhol — disse Bea. — Se ela não é sua namorada, por que está...

Tirei o anel de meu dedo mindinho e a voz de Bea foi cortada. Respirei fundo e esfreguei os olhos, finalmente conseguindo pensar direito.

— O que é isso? — perguntou Lydia, notando o anel em minha mão. Olhei para o anel.

— Ah... nada. É só um anel. Um anel comum, normal, não mágico, que encontrei em casa durante a mudança. Pensei que ficaria bem em mim, mas não ficou, então...

Enfiei o anel no bolso.

Lydia franziu a testa.

— Que estranho... acho que já vi esse anel.

— Talvez... — eu disse. — Afinal, é só um anel normal, deve ter muitos outros como ele. É sem graça, inclusive. Comum. Sem graça, chato. Não tenho palavras para enfatizar quão desinteressante é este anel. Mais alguma coisa, Lydia? Porque preciso fazer um negócio aí, então...

— Posso vê-lo de novo? Acho que a presença que senti provinha des...

— Não? Nada? Tá, ótimo, falo com você mais tarde!

Peguei sua mão, fiz um "toca aqui" com ela e saí pelo corredor antes que fizesse mais perguntas sobre o anel.

— Ei, quer fazer a tarefa do sr. Porter sobre *O grande Gatsby* comigo?! — gritou ela atrás de mim.

— Claro, seria ótimo! — gritei de volta, sem parar de andar.

Quando já estava a uma distância segura, coloquei o anel de volta e sussurrei sem me virar:

— Bea, quando eu estiver falando com pessoas vivas, você tem que ficar...

Fiquei paralisado. Olhei em volta.

Bea tinha sumido.

CAPÍTULO 19

Bea

Ela não era namorada dele. Foi o que ele disse.

Mesmo se fosse, que diferença faz? Não é como se vocês dois fossem namorar algum dia...

Sim, mas mesmo assim... ela não *era*. Eles eram apenas amigos. Então, nada daquilo importava. Eles eram apenas amigos. Apenas dois amigos que estudavam juntos. E podiam se ver todos os dias. E podiam se tocar a qualquer momento. E tinham corações pulsantes e não precisavam de um anel para se ver ou se ouvir.

Não importa. Por que isso importaria? Você está morta, ele não. Vocês não ficariam juntos, de qualquer maneira. Quem se importa com quem ele namora ou não?

Sacudi a cabeça.

Exatamente. Ninguém se importa. Então, esqueça.

Fiquei andando por minha antiga escola, ainda tentando silenciar as duas vozes de minha cabeça que discutiam sobre o que tinha acabado de acontecer (Tá, mas só por curiosidade: poderia ser que eles estivessem namorando e Cole tivesse mentido para mim? Não importa!), quando encontrei a porta de uma sala de aula aberta.

Olhei e encontrei uma fileira de violões cuidadosamente encostados na parede, uma bateria perto da janela e, ao lado, um lindo piano de cauda antigo, em uma plataforma elevada.

A sala de música! Eu me lembrava dela da minha época.

Entrei. Analisei os instrumentos, as fileiras de cadeiras vazias e as janelas, que davam para o campo de futebol da escola e, lá longe, o parque de Spectral Valley. Tudo estava igual a antes — até o piano;

apesar de que, definitivamente, estava um pouco pior que no tempo em que eu era viva.

Sentei-me diante dele e observei as teclas.

Eles obviamente não estão namorando, ou ela o teria cumprimentado com um beijo! Além disso, ela não apareceria lá em casa em algum momento se eles estivessem namorando?

E daí?! Pare de pensar nisso!

Passei as mãos pelas teclas e me concentrei. A última vez que toquei eu ainda era viva.

Tentei alguns acordes. Sol, Mi menor, Lá menor. Deixei que soassem os arpejos lentos. Experimentei algumas notas na escala maior, lentamente improvisando uma melodia.

Eu ouvia a agitação dos alunos do lado de fora da sala, subindo e descendo pelos corredores, rindo, conversando, fazendo planos para mais tarde naquela noite de Halloween.

Estavam ali fora, mas as vozes pareciam distantes, abafadas e longínquas. Como se além da porta e fora do alcance das notas do piano houvesse outro universo completamente diferente — um universo de pessoas que respiravam, comiam, bebiam, conversavam, namoravam e faziam planos e não precisavam se preocupar com sua alma que ficou presa a um anel mágico.

Fechei os olhos e tentei me imaginar entre eles. Eu me vi indo para o corredor, em uma versão de mim que as pessoas podiam ver e ouvir. Eu andava e elas me viam, eu falava e elas ouviam, e eu fazia amigos, e de repente eu era parte daquele universo além do alcance da melodia do piano — não era apenas uma estranha olhando para um mundo ao qual não pertencia ou que não entendia mais.

Ouvi um rangido do outro lado da sala e me voltei; encontrei Cole parado perto da porta aberta.

— Aí está você — disse ele, aliviado, entrou e fechou a porta. — Você sumiu!

— Desculpe, eu só... só queria explorar um pouco — eu disse, ainda tirando algumas notas do piano.

Cole se aproximou e ficou me olhando tocar.

— É lindo — disse ele um pouco depois. — Você que escreveu?

— Estou só improvisando...

Eu não ia perguntar. Não faria sentido perguntar. Por que diabos eu perguntaria? Que diferença faria? Só uma garota muito ridícula perguntaria, não é?

— Qual o lance entre você e aquela garota? — perguntei, como a garota muito ridícula que era.

Cole me observou um tempo.

— Lydia? Ela é só minha amiga. Ela é, tipo, a única pessoa com quem falo na escola.

— Ah... deve ser uma moça especial, já que você só fala com ela...

Ele estava se dirigindo aos violões alinhados contra a parede quando, de repente, parou e se voltou.

— Ei, você está...

— Não — interrompi rápido. — Não, eu não estou com *ciúmes*. Nós não estamos juntos nem nada, não é? Estou só puxando papo.

A sombra de um sorriso cruzou os lábios de Cole.

— Eu só ia perguntar se você estava tocando em Sol maior — disse ele, pegando um dos violões.

Legal, Bea, sua cabeça de bagre.

— Ahh... sim, Sol maior.

Ele se sentou em um banquinho ao meu lado e colocou o violão no colo gentilmente.

— Espere aí... você está com ciúmes de Lydia?

— Sol maior — eu disse de novo, sem rodeios. — Essa é a clave; a clave é Sol maior.

— Ela é só minha amiga, cara.

— Sol maior é o acorde que estou tocando agora, e essa é a única coisa sobre a qual falaremos daqui em diante. Além disso, eu não sou um cara.

Cole riu. Ficou um tempo parado ouvindo o que eu estava tocando.

— Faz muito tempo que não toco direito — disse ele. — Desde...

A voz dele sumiu. Olhei para ele, com as mãos ainda nas teclas, e inclinei a cabeça para o violão, incentivando-o.

Cole respirou fundo, como se tentasse quebrar uma barreira entre ele e o instrumento. Então, começou a tocar, dedilhando as cordas suavemente, seguindo minha melodia. Os instrumentos se chocaram um pouco, no começo, enquanto tentávamos encontrar nosso caminho, aprendendo um ao outro a cada nota.

Até que tudo se encaixou, o violão de Cole sincronizou com meu piano e logo estávamos tocando como um só instrumento. Ele me provocou dando uma guinada na melodia, e eu respondi com um giro também. Estávamos conversando, mas sem palavras. Dançando sem nos tocar ou levantar da cadeira. Nós nos revezamos guiando e seguindo, às vezes nos separando para nos encontrarmos de novo mais adiante. A música foi crescendo ao nosso redor e de novo eu tive a sensação de que aquela sala estava separada do resto do mundo além de suas paredes; só que, dessa vez, eu não estava sozinha ali.

Dessa vez, Cole estava comigo.

* * *

Depois da escola, em casa, Cole recebeu uma notificação em seu telefone mágico reluzente que o deixou muito animado.

— Que foi? — perguntei, enquanto ele andava de um lado para o outro pelo quarto, escolhendo roupas no armário e colocando-as em cima da cama.

— É só a confirmação de uma coisa que eu estava planejando — disse ele. — Ou melhor, tentando planejar, porque eu não sabia se ia dar certo... mas deu! E nós vamos sair!

— Planejando *o quê*? O que foi que deu certo? E vamos aonde?

— Você vai ver — disse ele, pegando uma camisa e a separando. — Você vai adorar.

— Sabe, nunca lhe contei isso, mas eu sou mortalmente alérgica a surpresas.

— Ainda bem que você já está morta.

— Conte de uma vez!

Ouvi um miado, me virei e vi Norman, o gato, emergindo do corredor.

— Sabe o que ele está planejando, Norman?

Se Norman sabia, não me disse nada. Simplesmente empurrou sua bolinha de borracha em direção à cama e ficou me olhando, cheio de expectativa.

— Tá, então, eu vou tomar um banho e você fique aí brincando com Norman — disse Cole, pegando sua camisa, sapatos e calças. — E depois, vamos.

— Vamos aonde?!

Ele parou com a porta aberta, se virou para mim e sorriu, mas não disse nada. E então, se fechou no banheiro.

* * *

Cole tomou banho e se vestiu, saímos do quarto, ele se despediu rápido da sua mãe e saímos. Fomos andando até a estação de ônibus. Foi uma viagem de uma hora até Jersey City, e ali pegamos um trem que, segundo disse Cole, nos levaria a...

— Nova York? — repeti, chacoalhando com o movimento do trem. — O que vamos fazer em Nova York?

— Bea, você entende o conceito de "surpresa", não é? — disse Cole. — Necessariamente, precisa que alguém "seja surpreendido" em algum momento.

— Você não está sussurrando — eu disse, olhando para as outras pessoas ali no trem. — Vão pensar que você está falando sozinho.

— Tudo bem; o sistema de transporte público de Nova York é assim: ninguém dá a mínima se você fala sozinho, aqui.

De fato, não só ninguém parecia nos dar atenção, como Cole também não era a única pessoa de nosso vagão falando sozinho.

Descemos na estação da 9th Street e começamos a descer a 6th Avenue; Cole seguia as instruções que lia em seu telefone mágico.

A tarde estava no fim; um céu escuro e baixo pairava sobre a cidade, e a textura da rua e das pessoas ao redor eram suavizadas pelas luzes que inundavam a calçada.

Àquela altura, eu já estava no futuro tinha algum tempo, mas tinha passado a maior parte desse tempo dentro de casa, e o pouco do "lá fora" que tinha visto fora restrito à minha cidade natal, Spectral Valley, que, apesar de todas as suas maravilhosas qualidades, não era exatamente o que se poderia chamar de "cosmopolita". Mudou bastante desde a década de 1920, claro, mas não era nada comparado ao que eu estava vendo naquele momento.

Já tinha vindo para Nova York, quando era viva, por isso, conhecia um pouco a cidade. Mas *aquilo*? Enquanto caminhávamos pela rua desviando dos transeuntes e atravessando ruas movimentadas cheias de carros futuristas e pessoas de roupas coloridas ouvindo música com aqueles pequenos fones de ouvido mágicos, eu sentia uma crescente sensação de vertigem. Os prédios eram enormes e brilhantes! As ruas tão cheias de pessoas! E durante todo o tempo que já estávamos caminhando, eu ainda não tinha visto um único cavalo! Eu me perguntava para onde foram os cavalos?

Aquilo, muito mais que Spectral Valley, era o futuro — barulhento, grande, caótico; cheio de som e movimento.

Era avassalador.

Cole finalmente parou quando viramos uma esquina e nos deparamos com uma fila de pessoas na entrada de um prédio de tijolos antigo que parecia ter sido um teatro, um dia; sobre uma marquise, tinha uma placa empoeirada.

— Chegamos — disse Cole, verificando em seu telefone. — É aqui.

— *O quê* é aqui?

— Você vai ver — ele olhou em volta. — Vamos, somos menores de idade e não estamos na lista, por isso, não podemos entrar pela porta da frente.

— O quê? Onde você está... Cole, espere!

Fui atrás dele. Passamos pela fila e contornamos o edifício. Chegamos em um beco escuro e fomos desviando de poças de água até chegar diante de uma porta, provavelmente a entrada lateral do teatro.

— Por aqui, vamos — disse ele, abrindo a porta e fazendo um sinal com a cabeça para eu entrar.

Entrei. Cole veio depois de mim e fechou a porta. Estávamos em um corredor mal iluminado que parecia a área dos bastidores de um teatro. Bem do fundo do prédio provinha uma música baixinha.

— Por aqui — disse Cole, seguindo a música. — Vamos!

A música ia ficando mais alta conforme adentrávamos mais fundo o prédio, andando depressa. Até que chegamos a uma salinha sem ninguém que dizia *Chapelaria & Aluguel de fantasias*.

— Uau, é melhor do que eu imaginava! — Cole olhou em volta e me disse. — Fique de olho.

— De olho em quê?! Não sei o que estamos fazendo aqui!

Ele entrou na salinha e fechou a porta. Eu me virei e fiquei de olho. Eu ouvia gente conversando mais além, depois de um canto do corredor; deviam ser as mais e mais pessoas que pareciam estar entrando pela entrada principal, onde havíamos visto aquela fila antes. A música estava mais alta ali, mas ainda era meio abafada; eu não conseguia entender o que estava tocando lá dentro.

Cole voltou um segundo depois.

Ou melhor... uma *versão* de Cole voltou. Mas não era a versão normal. Essa versão não estava com aquelas camisetas modernas de estampas estranhas e calça jeans.

Não, ele estava com sapatos sociais brilhantes, um paletó e um colete cinza chiques e uma gravata-borboleta preta no pescoço. E no cabelo penteado para trás, uma boina.

Aquele Cole estava chique pra dedéu.

— Por que você está vestido como... pessoas chiques do *meu* tempo? — perguntei.

— Você vai ver — disse ele, sorrindo enquanto terminava de amarrar a gravata-borboleta.

Fazendo um sinal com a cabeça para mim em direção ao canto do corredor, disse:

— Vamos.

Fomos e nos misturamos com o fluxo de pessoas que chegavam pela entrada da frente. Nos conduziram em direção a uma porta dupla. Eu vislumbrava ouro, prata, azul, vermelho e movimento do outro lado das portas toda vez que alguém à nossa frente passava, até que chegou nossa vez. Cole se virou para mim, sorriu e disse:

— Bem-vinda ao lar, srta. Jenkins.

Ele empurrou as portas, passamos por elas...

...e entramos em 1928.

CAPÍTULO 20

Cole

Bea ficou paralisada quando entramos no gigantesco salão de baile. Para ser justo, até eu, que sabia o que esperar, fui pego de surpresa pela magnitude daquele lugar.

O salão era imenso — um anfiteatro enorme no qual as poltronas foram arrancadas, transformando-o em uma pista de dança gigantesca cercada de todos os lados por plataformas com diversos bares e quiosques de comida frequentados por homens e mulheres vestidos com suas melhores roupas da década de 1920.

No centro do salão tinha uma enorme fonte de taças de cristal de champanhe cujo dourado translúcido borbulhava. Acima de nós, acrobatas com collants bege, penteados extravagantes e maquiagem preta e branca penduravam-se de enormes balanços, acenando, sorrindo, girando e fazendo caretas para a multidão. Bem acima da pista de dança tinha bolas de discoteca, que capturavam o brilho amarelo e ardente de um enorme lustre no meio do teto e lançavam fractais de luz dançantes no rosto das pessoas ao redor.

Tinha um homem de chapéu-coco e suspensórios bebendo de uma garrafinha escrita BRILHO DO LUAR em caneta permanente. Mulheres fumando cigarros com enormes piteiras e homens balançando charutos nos lábios como se recém-saídos de um filme de mafiosos. Melindrosas, jóqueis, gângsteres e todo tipo de gente no estilo anos 1920 rindo, dançando, bebendo e girando ao nosso redor.

Bea observou a sala e se virou para mim com os olhos arregalados.

— Você disse que queria voltar ao seu tempo por um dia — eu disse.

— Bem... aqui estamos.

— O que é isto? — perguntou, enquanto adentrávamos mais a sala. — Como você... digo, quando você...

— Lembra que eu disse que construiria uma máquina do tempo para levar você de volta? — perguntei. Bea levantou a sobrancelha e eu ri. — Tá, não viajamos no tempo. Isto é só um evento chamado "Festa Gatsby". É uma festa de Halloween na qual as pessoas se vestem como se estivéssemos na década de 1920. Meu professor falou disto há um tempo e eu... ah, não interessa. Isso existe mesmo, não estou inventando. Achei essa festa na internet e... imaginei que você fosse curtir.

Bea rodopiou pelo ambiente, passando os olhos por todo o salão. No palco em frente a nós, uma banda de jazz tocava uma melodia rápida enquanto a multidão aplaudia.

— E então... gostou? — perguntei.

Bea se virou para mim com um sorriso enorme no rosto.

— Adorei — disse por fim.

Naquele momento, todo meu esforço para planejar a noite sem que Bea se desse conta valeu a pena, só para ver aquele olhar em seu rosto, e me dei conta de que eu teria construído pessoalmente a década de 1920, do zero, dentro daquele salão de baile só para ver aquele sorriso, se fosse preciso.

Uma mulher que usava um chapéu de penas chique e um vestido de babados parou perto de nós.

— Uau, que vestido legal — disse a Bea, e seguiu seu caminho.

Ao meu lado, Bea enrijeceu. Segui seu olhar; Bea se voltava e observava a mulher desaparecer no meio da multidão. Então, ela se virou para mim, franzindo a testa, boquiaberta.

— Você viu o que acabou de acontecer?

— O quê? Que foi? — perguntei.

Bea olhou para si mesma, passou as mãos por seu vestido, depois as levou às bochechas e à testa, como se tentasse avaliar se ela realmente estava lá.

— Aquela mulher que acabou de passar por nós... — disse lentamente. — Ela acabou de... ela me viu?

E então, repassando aquele momento em minha cabeça, também me dei conta.

— Ela... Pois é! Mas como...

— Eu não sei!

Bea se virou para procurar a mulher, sem perceber que um homem de paletó esportivo e plastrão passava, tentando equilibrar cinco bebidas nas mãos.

O homem tropeçou ao tentar se esquivar de Bea. Ela rodopiou, surpresa, e se afastou da zona de perigo, pois o homem derramou três das cinco bebidas no chão.

— Ah, caramba — disse o homem com voz arrastada, como se já houvesse bebido alguns drinques naquela noite e provavelmente não precisasse dos que derramara. — Desculpe, você está bem?

— Estou bem... — disse Bea, olhando para o homem, para a bagunça no chão, para mim e para o homem de novo. — Você... você também está me vendo? — perguntou a ele.

— Sim... — disse ele. — Espere aí... por quê? Você não está realmente aqui? — ele parou de novo. — Ai, meu Deus, acho que já bebi gim o suficiente...

Ele se afastou de nós. Bea e eu trocamos olhares.

— Cole... — disse Bea. — Acho que estou...

Antes que ela pudesse terminar a frase, antes mesmo que eu soubesse o que estava fazendo, passei meus braços em volta dela e a puxei para mim. Ela me abraçou também, e senti suas mãos em minhas costas, seu cabelo no meu rosto, sua respiração em sincronia com a minha. Ela estava ali, realmente ali. Real, material, quente e...

— ...viva — terminei para ela, separei-me dela e peguei sua mão. — Acho que você está viva. Você está *aqui*, tipo, aqui de verdade, visível, material e tudo!

— Mas... como? — perguntou Bea. — Por quê? Por que eu estou...

— Eu não sei!

Ficamos nos olhando um tempo, tentando processar o que estava acontecendo. Tentando entender como aquilo era possível.

— Faz mesmo diferença? — perguntei, por fim. — Quer dizer... você está aqui. Você é real. Está viva. Quem se importa com o motivo?

— Eu estou viva... — repetiu Bea, baixinho.

Olhamos para nossas mãos; nossos dedos entrelaçados. O mundo ao nosso redor pareceu desacelerar e esconder-se debaixo de um véu, desaparecendo, até que a única coisa que existia era sua mão na minha. Firme e real. Bea olhou para mim; seus grandes olhos azuis escuros eram tudo que eu conseguia ver e tudo que me importava. De repente, percebi que estávamos bem próximos um do outro.

— Cole... — disse ela, e seu olhar escorregou de meus olhos para logo abaixo deles.

Dei um passo para mais perto dela.

O retorno do som fez o microfone apitar e demos um pulo, assustados. Alguém esbarrou em mim, e eu tive que soltar a mão de Bea para recuperar o equilíbrio.

— Com licença — disse o homem, resmungando e já desaparecendo no meio da multidão mais perto do palco.

Bea e eu trocamos olhares; o feitiço que nos prendia tinha sido quebrado. Ela conteve um sorriso e eu desviei o olhar, envergonhado. Por fim, viramos para frente. A música tinha parado e a atenção de todos estava no palco.

Na frente da banda, um homem de colete preto e cartola estava ajustando o suporte do microfone. Ele limpou a garganta e anunciou, animado:

— Melindrosas e cavalheiros elegantes, uma salva de palmas para nossa banda incrível! — Ele esperou que os aplausos diminuíssem. — Espero que todos estejam curtindo a festa, e espero que curtam ainda mais esta próxima parte, porque está na hora do nosso concurso de charleston!

A banda fez rufar a bateria e seguiram-se mais aplausos e ovações da multidão.

— Funciona assim: os casais que quiserem podem subir ao palco e dançar uma só música para o público. Mais tarde, todo mundo vai votar nos melhores dançarinos da noite. Por isso, é melhor caprichar! — ele observou a multidão com um sorriso expectante. — Muito bem, quem será o primeiro casal a se apresentar?

Imediatamente, e antes que eu pudesse impedi-la, Bea levantou a mão.

— Aqui!

Fiquei paralisado.

— O que... não, não, aqui não; não tem nada aqui! — e me virei para ela, sibilando. — Bea, o que está fazendo?

— Estou inscrevendo nós dois para dançar, não está vendo?!

— A loirinha ali de penteado e vestido bem realistas — anunciou o homem da cartola apontando para Bea, enquanto o holofote nos procurava. — Venha para o palco com seu parceiro!

Eu sacudi a cabeça.

— Não, não, não, Bea... não sei dançar charleston! — eu disse, bem ciente de que todos nos olhavam.

— Não faz mal — disse ela.

— Acho que faz sim, e muito! — eu disse, aflito. — Veja, não me interessa se você dança bem; não vai ser bonito se eu estiver ali do seu lado me debatendo como...

— Ah, não se preocupe, eu também não faço ideia de como dançar charleston.

Parei, pasmo.

— Você não faz ideia de como...

— Não, nem um pouco.

— Loirinha, não temos a noite toda! — gritou o apresentador, enquanto as pessoas ao nosso redor nos olhavam com expectativa.

— Bea... não podemos fazer isso!

Ela me ignorou, agarrou minha mão e me arrastou pela a multidão em direção ao palco.

— Estamos indo! — gritou para o homem da cartola.

Eu tentei segurá-la.

— Bea! Bea! Espere, espere, espere! Sem saber dançar charleston, vai ser horrível! Vamos passar vergonha, entende?!

— E daí? Não precisamos ganhar, só precisamos dançar!

— Bea, eu nem abro a boca na sala de aula — insisti, enquanto a distância entre nós e o palco ia ficando assustadoramente menor. — Não consigo! Estou falando sério, por favor, pare.

Ela parou e me encarou.

— Escute aqui: você vai realmente negar a uma moça sua primeira dança em cem anos?

Estávamos perto da escada lateral que levava ao palco. Olhei para ela, para o cara da cartola que olhava para nós, para a multidão e depois de volta para ela.

— Que golpe baixo — eu disse.

Ela me deu uma piscadinha.

— Vamos.

Subimos no palco, Bea na frente, eu cambaleando, desesperado, atrás dela.

O sujeito da cartola tirou o microfone do suporte e se dirigiu a Bea.

— Qual é seu nome, madame?

Bea falou ao microfone, e sua voz amplificada reverberou pelo salão cavernoso.

— Bea... e aquele garoto bonito ali é Cole.

— Muito bem, aplausos para Bea e Cole, pessoal!

A multidão aplaudiu e ovacionou. Acenei timidamente para aquele mar de pessoas diante de nós. Sem dúvida, aquele entraria na lista dos dez piores momentos de minha vida.

— Bea e Cole, que tipo de experiência em dança vocês dois têm?

— Somos profissionais — disse Bea ao microfone, sem hesitação. — Eu dava aulas de dança em minha cidade natal, antes de me mudar para a Big Apple para tentar a sorte nos grandes palcos. E Cole estudou charleston na famosa Escola de Dança e Artes Cênicas de Paris, teve aula com o famoso criador do charleston... John Charleston.

— Ah, meu Deus... — eu disse, baixinho.

— Acho que nunca ouvi falar de John Charleston, mas vocês dois parecem saber o que estão fazendo — disse o homem da cartola, que se afastou e deixou o palco para nós. — Acho que veremos um show e tanto, então!

A multidão aplaudiu de novo, os olhos fixos em nós nem piscavam.

Bea deu um passo para trás, pois eu estava no meio do palco.

— Você não sabe nada de charleston mesmo? Tipo, nem um pouco? — sussurrei para ela.

— Nem um pouco, vai ser uma catástrofe — disse ela, mal conseguindo esconder a animação.

— O universo lhe dá uma segunda chance na vida, lhe dá de presente de novo o milagre da existência depois de cem anos e a primeira coisa que você faz é passar vergonha? — sussurrei.

— Estou fazendo você passar vergonha junto comigo; essa é a parte divertida!

As luzes diminuíram e os aplausos também. Eu só conseguia ouvir meu coração acelerado pulsando forte em meus ouvidos.

— Ah, Deus, pronto. Então é assim que vou morrer — eu disse.

— Muito bem... arrasem, Bea e Cole! — disse o homem da cartola, colocando o microfone no suporte de novo e descendo do palco.

Houve um momento insuportável de silêncio e só o que podíamos ver eram cem pares de olhos expectantes em nós lá embaixo.

— Bem, já que nenhum de nós sabe dançar charleston — sussurrei para Bea —, o que sugere fazermos agora?

— Só dançar.

A banda contou: dois, três, quatro!

Um jazz rápido explodiu no salão; as luzes brilhavam sobre o palco, apontando bem para nós.

Bea se voltou para mim com os olhos arregalados, cheios de animação. O absoluto horror, vergonha e constrangimento que eu estava sentindo naquele momento pareciam completamente ausentes na expressão dela.

Ela estava animadíssima pelo fato de que estávamos prestes a passar a maior vergonha do mundo.

E por um segundo, eu pensei que ela estava brincando. *Claro* que ela sabia dançar charleston. Ela começaria e seria incrível, e me guiaria e impediria que eu passasse vergonha e tudo ficaria bem e nós faríamos um ótimo show e aquilo tudo era apenas uma pequena brincadeira que minha amiga fantasmagórica tinha feito comigo.

Então, ela começou a dançar.

E ah, meu Deus.

Não era nada bom.

Eu não era especialista em charleston (apesar das aulas que tinha feito com John Charleston em Paris, naturalmente), nem em qualquer dança em particular, na verdade. Mas isso não importava, porque seja lá o que Bea estivesse fazendo à minha frente, certamente não era charleston. Inclusive, não era nem *dança* nenhuma.

— Vamos lá, faça igual, senão, faremos papel de bobos! — disse ela, mexendo-se toda e jogando os braços para todos os lados como um bonecão do posto.

Olhei para ela e depois para o público, que, pela cara, estava tão confuso quanto eu. Lentamente, comecei a estalar os dedos e bater os pés.

— O que está fazendo? Você está só batendo os pés!

— Espero que, se eu bater forte o bastante, o chão se abra e a terra nos engula.

Bea sacudiu a cabeça e revirou os olhos.

— Quem se importa com o que os outros pensam? — disse ela, andando ao meu redor dando pulinhos e giros.

(Sério, nada do que eu dissesse seria suficiente para descrever o quão mal aquela garota dançava.)

— Deixe-se levar!

Tentei uns passos ousados. Dei uns passos de twist, depois a dancinha do robô, e depois vogue.

— Uau, gostei desse! — disse Bea, imitando meu último movimento.

As vaias foram esparsas no começo, mas conforme continuávamos inventando movimentos de dança, fazendo qualquer coisa menos dançar charleston, foram ficando cada vez mais altas e consistentes, até que Bea e eu estávamos dançando um remix de jazz sob o coro de cem nova-iorquinos muito descontentes e bêbados.

E sabe de uma coisa? No meio da dança, me dei conta de que ela estava certa. Eu *não* me importava com o que eles pensavam. Por que me importaria? Era apenas um bando de pessoas aleatórias em uma festa que eu nunca tinha visto antes e nunca mais veria. E Bea estava tão feliz por passar vergonha na frente de todas aquelas pessoas que era até meio contagiante. Seu sorriso era verdadeiro. Sua alegria era real e pura, ainda que todo mundo em volta discordasse do que ela estava fazendo.

E então dançamos, pulamos, giramos, sacudimos os braços freneticamente na frente do corpo, e fizemos caretas um para o outro e para a multidão e para o homem de cartola, e as vaias ficaram mais altas, e os músicos trocaram olhares de estranheza; mas, de repente, nada disso importava; a única coisa que importava era o rosto sorridente de Bea à minha frente. Nossos olhos estavam fixos um no outro, a alegria e o absurdo do momento eram palpáveis entre nós, e tentávamos superar os movimentos ridículos um do outro. Peguei sua mão, girei-a e a puxei para mim, e quando me virei para inclinar seu corpo quase até o chão, meu rosto ficou, de repente, muito perto do dela.

Paramos assim: minha mão em volta da cintura dela, seu corpo inclinado para trás, na metade do caminho até o chão, meus lábios a poucos centímetros dos dela.

E então, de repente, Bea não estava mais rindo.

Nem eu.

A música continuava tocando, mas parecia distante e difusa, como se estivéssemos ambos debaixo d'água de repente, imersos nessa outra atmosfera, longe do resto do mundo. Eu a puxei para cima devagar. Ela não tirou os olhos do meu.

Atravessando mil universos, as vaias foram ficando mais altas e a banda encerrou a música.

Não importava. Nada mais importava. Nada além dos olhos de Bea fixos nos meus.

Seus lábios se contraíram na sugestão de um sorriso; minha respiração pesada era a única coisa entre nós. Devagar, ela levou os braços aos meus ombros e entrelaçou as mãos na minha nuca. Então, foi se aproximando lentamente.

E eu acabei com o espaço que nos separava.

CAPÍTULO 21

Bea

Todas as luzes se apagaram no instante em que os lábios de Cole tocaram os meus. As vaias foram silenciadas, a música parou de repente. Uma escuridão densa tomou o cômodo, a banda guardou seus instrumentos e saiu do palco; o homem da cartola, os barman e todos os presentes se dissiparam como sementes de dente-de-leão sopradas pelo vento, e com eles foi o resto da cidade fora do salão de baile, e então o país, e então o mundo.

Não existia mais Spectral Valley. Não existia mais Nova York. Não existia mais a casa que eu assombrava, nem o anel amaldiçoado que assombrava a mim, e bondes assassinos que matam jovens distraídas em frente a museus de cidade pequena.

O tempo deixou de existir assim como o espaço.

Éramos só Cole e eu, flutuando no escuro, e éramos o começo e o fim de todas as coisas, e nada importava além dos lábios dele nos meus e sua mão pousada em meu rosto e meus braços entrelaçados atrás do pescoço dele de tal forma que eu sentia seu cabelo roçando suavemente meus dedos, e naquele momento, naqueles breves segundos fora do tempo, se alguém me dissesse que poderíamos ficar assim para sempre, eu aceitaria em um piscar de olhos.

Mas o para sempre acabou quando um sapato atingiu Cole nas costas e uma voz de mulher gritou:

— Tá todo mundo olhando, se toca!

E de repente, a banda estava de volta a seu lugar e as pessoas eram inteiras de novo, não mais pequenas sementes de dente-de-leão, e as luzes voltaram a brilhar em Spectral Valley e Nova York e dentro do salão de baile, e tudo voltou rapidamente a seu lugar normal na ordem das coisas quando os lábios de Cole se afastaram dos meus e sorrimos um para o outro enquanto as vaias da plateia alcançavam nossas orelhas outra vez.

— Vocês são péssimos!

— Esse foi o pior charleston que eu já vi!

— Saiam do palco!

Cole conteve uma gargalhada.

— Acho melhor sairmos daqui.

Ele me guiou escada abaixo e por entre a multidão desaprovadora, às pressas; nós dois ríamos até perder o fôlego.

Cole se virou para mim já mais perto do fundo do salão.

— Foi demais! — disse, sorrindo. — Estou falando da dança, mas também o... o...

Ficamos nos olhando, sem fôlego e suados, enquanto outro casal subia ao palco e a música recomeçava. Cole olhou para nossas mãos, ainda entrelaçadas. De repente, ficou meio acanhado, e achei muito fofo.

— Bea, eu...

— Cale a boca e me beije de novo, Garoto de Coração Pulsante — eu disse.

E foi o que ele fez.

* * *

Dançamos devagarinho por horas — ou talvez anos, décadas ou séculos, vai saber —, girando pelo salão de baile ao som de pianos e saxofones tocando jazz enquanto a festa acabava e, um a um, todos os presentes, bêbados, foram indo embora e o salão foi esvaziando devagar ao nosso redor. No final, estávamos chutando balões murchos e taças de champanhe a cada passo, perdidos nos olhos e no corpo um do outro em um salão vazio, sem música, até que, por fim, o homem da cartola cutucou o ombro de Cole e disse:

— Vocês dois são os últimos, pombinhos. Se não quiserem me ajudar com a limpeza, é hora de ir.

Saímos. Cole devolveu seu colete e paletó, saiu da salinha de aluguel de fantasias com suas roupas modernas de novo, e voltamos à noite fria de Nova York. Ficamos na calçada deserta; meus ouvidos ainda zumbiam por causa da música de dentro, e meu coração ainda batia rápido por causa de tudo que aconteceu.

— Foi incrível — eu disse, me aproximando de Cole e acariciando seu braço. — Obrigada.

— Ainda não terminou — ele me ofereceu sua mão. — Vamos.
— Aonde vamos?
Cole sorriu.
— Você vai adorar, confie em mim.

* * *

— Um cemitério?! Achou que eu adoraria entrar escondida em um cemitério fechado?! — eu disse, indignada, enquanto Cole pulava os portões de metal e pousava ao meu lado.

Olhei em volta; tinha estátuas de anjos, lápides e criptas decadentes por todo lado.

— Eu sou um fantasma; você não acha que isso é meio falta de consideração?

— Qual é o problema? Você não está enterrada *aqui*, está?

— Eu... na verdade, não sei onde estou enterrada — eu disse, pensando nisso pela primeira vez, antes que a imagem de meu próprio corpo apodrecendo e sendo devorado por vermes passasse por minha cabeça.

Tive que controlar um arrepio.

— Acho que não quero pensar nisso nunca mais — tentei afastar o pensamento. — Muito bem, por que, depois daquela linda festa, você decidiu me trazer a este triste e...

— Você vai ver — Cole me ofereceu sua mão. — Vamos?

Coloquei minha mão na dele e começamos a descer o caminho principal entre as lápides. Eu tinha que admitir, tinha certa beleza na arquitetura, no caminho arborizado e no silêncio... mas, mesmo assim, para mim, não fazia muito sentido estarmos ali.

— Então, eu estava pensando... — eu disse depois de um tempo, enquanto íamos adentrando mais o cemitério pelo caminho estreito. — Sobre aquela sua teoria de que "tudo acontece".

— Não é uma teoria *minha*, é uma teoria famosa...

— Dá na mesma, me deixa terminar — olhei para ele. — Então, de acordo com essa teoria, há um número imenso de partículas no universo, e algumas delas simplesmente se juntaram e formaram nosso universo. E então, já que elas fizeram isso, não há razão para acreditar que, em algum outro lugar, outro aglomerado de partículas simplesmente fez *outro* universo, e depois outro, e outro, e já que seriam necessárias tantas partículas para que isso acontecesse assim aleatoriamente, então *todos* os universos existiriam ao mesmo tempo.

— Essa é a ideia.

Eu sacudi a cabeça.

— Não acredito nisso.

— Por que não?

Dei de ombros.

— Não acho que o universo seja apenas o resultado de um monte de pecinhas aleatórias se juntando por acaso. Mesmo que exista um bi-bi-bi-bilhão delas.

— Então acha que foi Deus que fez tudo?

— Nunca fui a uma igreja. Meus pais não acreditavam em Deus e essas coisas. Nem eu — olhei para meu próprio corpo e acrescentei: — Bem, eu acredito em fantasmas, agora, mas é que isso ficou meio difícil de negar.

— Pois é — Cole se calou por uns instantes. — Mas se você não acha que estamos aqui por acaso e não acredita em Deus, como explica tudo isto?

— Isto?

Ele fez um gesto amplo ao nosso redor.

— Tudo. As árvores, a grama, minha mão na sua, aquela mulher que jogou o sapato em nós... por que estamos todos aqui? Qual o motivo?

Pensei um pouco no assunto. Então, dei de ombros de novo.

— Por que precisa ter um motivo?

— Tudo precisa ter um motivo.

Olhei para baixo, entre meus pés, mordendo o lábio inferior e pensando.

— Que foi? — perguntou Cole.

— Estou tentando decidir se concordo com você.

— Não tenha pressa.

Ergui os olhos, finalmente, e disse:

— Não concordo.

— Por favor, explique.

— Você disse que tudo precisa de um motivo, mas não é verdade. Tudo *na vida* precisa de um motivo. Mas a vida em si não está *na* vida, não é? Ela está fora da vida. Então, não precisa de uma razão. Pode só... ser.

Cole olhou para o céu, pensando no assunto.

— Ser? Be...

— Sim?

— Não, eu ia dizer "beleza".

— Eu sei. Estava só brincando.

Chegamos a uma grande cripta branca com uma escadinha que levava a uma porta de metal que estava fechada. Cole soltou minha mão e se sentou no primeiro degrau.

— Aqui deve ser um bom lugar para ver.

— Ver o quê? — sentei-me ao lado dele. — O que estamos fazendo aqui?

— Vai ver. É só esperar um pouco — ele estalou a língua, olhou em volta e depois para mim. — Então, é isso? Você acha que o universo simplesmente é, sem Deus, sem flutuações aleatórias de partículas, sem explicação? As coisas acontecem sem motivo?

— Mais ou menos — eu disse. — Mas não acho que algo esteja "acontecendo". As coisas só... são.

— Mas coisas acontecem a cada segundo. Tudo está sempre mudando, não acha? As coisas não são estáticas. Algo deve ter colocado tudo isto em movimento.

— Talvez não. Bem, pela nossa perspectiva, as coisas mudam, claro; estão em movimento... mas se você olhar para as pequenas coisas, tudo meio que é... para sempre.

— Não estou entendendo.

Eu me afastei um pouco para olhar para ele.

— É tipo... o universo está ali, completo. Cada momento acontece ao mesmo tempo, para sempre. Nós simplesmente não vivenciamos a coisa desse jeito. É como... como uma peça musical! Você e eu podemos estar na metade de nossa parte da música agora, no terceiro, quarto ou quinquagésimo compasso, mas o resto da música já existe, está tudo escrito em algum lugar. Nós não conseguimos ouvir tudo, apenas tocamos nossa própria parte ou refrão, nota por nota. Mas a música existe ao nosso redor, ela se estende da primeira nota até a última. E estamos no meio dela.

— Para mim, isso parece destino.

— O nome não importa. Está aqui, não é? Podemos sentir, saborear, ouvir. Acho que, se existe uma explicação, nunca saberemos qual é. Então, para que quebrar a cabeça tentando descobrir? — eu disse. — Estamos aqui e não sabemos por que nem por quanto tempo; então, vamos dançar charleston e passar vergonha na frente de dezenas de pessoas, porque logo todos nós estaremos mortos mesmo!

— Então, o significado da vida é dançar charleston na frente de estranhos e depois morrer?

— Ou, no meu caso, morrer e *depois* dançar charleston na frente de estranhos.

Cole riu.

— Gostei da ideia.

Olhei para baixo, mas ele manteve os olhos em mim. Sua risada foi se transformando aos poucos em um sorriso sutil e quase imperceptível. Ele sacudiu a cabeça levemente. Por fim, olhei para ele.

— Que foi?

— Nada — disse ele, pegando minha mão. — É que... estou muito feliz. E não me sentia tão feliz há muito tempo.

Cole se inclinou para frente e me beijou nos lábios, por apenas um segundo, e depois se inclinou para trás de novo. Abriu os olhos e levantou o rosto para o céu.

— Acho que estou ouvindo...

— Ouvindo o quê?

— Não está ouvindo? Está ficando mais alto.

— O que está ficando mais alto? Cole, o que está acontecendo?

Ele olhou para mim, ainda segurando minha mão.

— Tá, deite-se.

— O quê? Aqui? Agora?

Ele se deitou no degrau e gentilmente me puxou para que eu me deitasse ao lado dele. Ficamos os dois olhando para o céu, além das copas das árvores, lado a lado.

— Está ouvindo agora?

— O que eu deveria estar ouvindo?

De repente, comecei a ouvir um zumbido baixinho e crescente que provinha de algum lugar acima de nós. Um som que reconheci vagamente...

— Continue olhando para cima — disse ele. — A qualquer momento... fique olhando para cima...

E então, ele surgiu de repente por trás das copas das árvores: um avião impossivelmente grande, voando baixo, alto e gigantesco acima de nossa cabeça, cruzando o céu noturno até desaparecer atrás da cripta sob a qual estávamos deitados.

Soltei a mão de Cole e cobri a boca enquanto me sentava e me voltava para vê-lo se afastar.

— Meu Deus! Cole!

Ele se levantou e sorriu.

— Estamos bem perto do aeroporto. Você disse que queria ver um avião de perto, então...

— Foi por isso que você me trouxe ao cemitério!

Sorri. Ele também estava sorrindo.

— Gostou? — perguntou ele.

Observei seu rosto: seus olhos nos meus, esperando ansiosamente por minha reação, uma pontinha de nervosismo franzindo suas sobrancelhas.

Inclinei-me para frente e rocei meus lábios nos dele.

— Adorei — disse, baixinho.

Deitamos de novo, olhos nos olhos, por muito tempo. O barulho do avião desapareceu na noite e, por um momento, não tinha nada além do suave farfalhar dos galhos das árvores acima de nossa cabeça.

— Qual é seu lance com os aviões? — perguntou Cole. — Por que gosta tanto deles?

— Sempre amei aviões — eu disse, e fiquei pensando no assunto um instante. — Eu olho para eles e vejo... liberdade. Para ir aonde quiser, ser quem eu quiser. Ver o mundo, cada cantinho dele. Imagine saber que você pode ir a qualquer lugar *agora*. Não seria incrível? Você não gostaria de ir a algum lugar, a qualquer lugar? A *todos* os lugares?

Cole se voltou para mim.

— Não tem nenhum outro lugar onde eu queira estar agora.

Eu sorri. Ficamos ali por mais um tempo, observando as copas das árvores balançando, emoldurando o céu, apenas curtindo a presença um do outro, submersos no brilho da noite que estávamos vivendo.

Por fim, Cole suspirou.

— Bem, estou sem surpresas agora. Vamos?

Ele se levantou e me ofereceu a mão. Sentei-me e estendi a mão para pegar a dele e me levantar...

...e senti aquela sensação esfuziante, familiar, se espalhar por meus dedos e braço.

Cole franziu a testa. Tentei pegar sua mão de novo, e de novo meus dedos *atravessaram* a dele.

Fiquei em pé sozinha e tentei tocar seu rosto. Nada. Minha mão passou por ele como todas as outras vezes antes daquela noite.

— Não entendo... — eu disse, lentamente, observando minhas próprias mãos. — Acabou?

Ergui os olhos e olhei para Cole.

Mas Cole não estava mais sorrindo.

CAPÍTULO 22

Cole

Não conversamos muito no caminho de volta para casa. Nenhum de nós entendia o que tinha acabado de acontecer; por que Bea se tornara real e viva durante a noite, mas depois, no cemitério, voltara a ser um fantasma? Talvez tivesse a ver com o anel, ou talvez com algo que fizemos ou dissemos ou não fizemos ou não dissemos... Acho que para nenhum de nós o *motivo* importava muito; o fato era que, por um breve momento, podíamos estar juntos como duas pessoas normais, reais e vivas... e, de repente, não podíamos mais.

— Você está bem? — perguntei a ela naquela noite, enquanto voltávamos para meu quarto.

Ela levou um instante para responder. Então, deu um sorriso que não me convenceu e disse:

— Bem, pelo menos desta vez um bonde não me atropelou.

— Sinto muito... — eu disse. — Pelo menos, sempre teremos esta noite, não é?

— Não fique todo emotivo comigo agora, Garoto de Coração Pulsante — disse ela. — Estou bem, juro.

Mas quando ela se virou, vi que seu sorriso tremia levemente em seus lábios.

* * *

Passamos um fim de semana tranquilo juntos. Mamãe tinha trabalho para fazer na universidade o dia todo, sábado e domingo, então, na maior parte do tempo, ficamos só eu e Bea em casa, sozinhos.

Ouvimos música, assistimos a filmes juntos, conversamos e passeamos como antes, mas desde a breve jornada de Bea no mundo dos vivos em Nova York, ela não era mais a mesma. Ela disfarçava bem, mas sabia que ainda carregava aquela amargura persistente da noite que passamos juntos.

Eu sabia, porque eu também a carregava. As coisas pareciam iguais a antes, mas as lembranças da festa pairavam em cada momento: nosso beijo, as mãos dadas, nós dançando. Bea existindo no mundo comigo, não apenas uma mera espectadora das coisas ao nosso redor, uma sombra que só eu podia ver.

Tudo aquilo continuava ali. E então, nossos silêncios entre as conversas foram um pouco mais longos que o normal naqueles dois dias. E a animação em sua voz — e acho que na minha também — parecia meio contida. Por mais que ainda gostássemos da companhia um do outro à distância, tínhamos algo melhor com que comparar agora. Algo que tinha ido embora e não sabíamos se voltaria.

Mas então, na segunda-feira, voltei para casa depois da escola e encontrei Bea sentada em minha cama com meu violão nos braços, tocando um ragtime e balançando a cabeça levemente no ritmo da música.

— Bela improvisação — eu disse ao entrar.

Ela ergueu os olhos e abriu um sorriso largo e brilhante.

— Você voltou!

— E você está me parecendo bem animada.

— Eu *estou* muito animada, obrigada por notar — disse ela. — Assim como este ritmo. Veja só.

Ela tocou a mesma passagem no violão de novo, balançando a cabeça para mim, cheia de expectativa.

— Legal, não é? Acabei de inventar.

— Legal. Mas alguma coisa aconteceu. Por que você está tão animada hoje?

— Não aconteceu nada — disse ela, deixou meu violão de lado e se levantou. — Estava deitada na cama esperando você voltar da escola e estava meio melancólica, triste e desanimada; por causa do que aconteceu no cemitério e de toda aquela coisa de "não estou mais viva", sabe? Mas aí, pensei: "Sabe de uma coisa, Bea? Não é você que diz que temos que aproveitar ao máximo o tempo que temos neste mundo, porque só estar aqui já é um presente e não sabemos quanto tempo temos? O que aconteceu com essa sua filosofia?". E então, decidi não deixar esse pequeno contratempo me impedir de curtir as coisas que ainda posso curtir. Como estar com você, entende? Ou trabalhar meu relacionamento florescente com seu gato — ela indicou meu violão com a cabeça. — Ou tocar. Cansei de ficar deitada em casa o dia todo em posição fetal, me lamentando.

Eu sorri.

— Ora, estou feliz por você estar feliz.

Fui até minha mesa e empurrei uns papéis para o lado, procurando meu livro *O grande Gatsby*.

Bea se levantou.

— Então, para não ficarmos pela casa o dia todo deitados em posição fetal se lamentando... onde está aquele seu piano de brinquedo?

Olhei para ela.

— O quê?

— Você disse que tinha um no sótão ou algo assim, de quando era criança. E indicando o violão: — Vamos tocar juntos!

— Ah... — olhei para *O grande Gatsby*, depois para ela. — Sabe de uma coisa? Eu adoraria, mas tenho que ir. Você poderia vir comigo, e podemos tocar mais tarde, na sala de música da escola, como da última vez.

— Você vai para a escola agora? Pensei que tinha acabado de voltar de lá.

Mostrei o livro a ela.

— Tenho que terminar a tarefa da aula de inglês e prometi fazer com uma pessoa.

Bea franziu a testa.

— Com quem?

* * *

Lydia bateu o lápis repetidamente na mesa e ergueu os olhos, pensativa.

— O que você acha de tantas festas?

— O quê? — perguntei, desviando o olhar da minha folha em branco.

— Ela perguntou o que você acha de tantas festas — ouvi a voz de Bea ao lado.

Ela estava deitada no chão com as mãos entrelaçadas atrás da cabeça, olhando para o ventilador de teto. Não era o fantasma mais simpático do mundo naquele momento.

— Ela está *tãoooo* interessada na sua opinião desse livro, Cole.

Algo me dizia que levar Bea à escola comigo naquele dia não tinha sido uma ideia muito boa. Pelo visto ela não gostava de Lydia, mas eu estava começando a gostar dela.

Olhei feio para Bea e me virei para Lydia.

— Desculpe. O que têm as festas?

— Tipo, o cara ama Daisy Buchanan, e ele dá aquele monte de festas esperando que ela vá, certo? — Lydia prosseguiu, destacando trechos em seu livro.

— Claramente há um comportamento obsessivo aí. Mas não acho que isso seja a história toda — ela parou para pensar um pouco. — Porque, tipo, há maneiras menos complicadas de encontrar alguém, não é? Então, por que festas? Por que não... sei lá, contratar um detetive particular, ou mandar uma mensagem pela esquadrilha da fumaça, ou... procurar na lista telefônica? Existia lista telefônica na década de 1920?

— Sim, existia lista telefônica na década de 1920 — respondeu a voz de Bea ao meu lado. — Essa Lydia de Coração Pulsante não é muito inteligente, não é?

— Você quer que eu lhe passe o guia de estudos que estou usando? — perguntei, ignorando Bea e virando meu celular para Lydia. — Tem tudo de que você precisa para terminar a tarefa.

— Você não disse que leu o livro?

— Li, mas *O grande Gatsby* vem sendo analisado há um século, não acho que nada do que *eu* possa dizer dele vá impressionar o sr. Porter.

Lydia olhou para o celular.

— A tarefa diz em suas próprias palavras.

— A tarefa diz: em suas próprias palavras... — repetiu Bea, imitando Lydia sarcasticamente. — Alguém aqui é puxa-saco do professor...

— Acho que prefiro usar interpretações que já são bem aceitas — eu disse, decidido a não dar trela a Bea. — Acho que são melhores do que qualquer coisa que eu possa inventar.

Lydia olhou para mim.

— Não tem como ter certeza. E se sua interpretação for tão boa que se tornará uma das interpretações bem aceitas?

— Ah, Cole, quero ouvir sua interpretação. Interprete o livro para mim, Cole, interprete beeem devagaaar.

Bea estava em pé, andando bem devagar, deliberadamente, ao redor de nossa mesa, passando a mão na borda e falando toda sedutora. — Quero que você interprete cada... palavra... de meu livro do amooor.

Olhei fixamente para Bea, que continuou indo em direção a Lydia.

— O que está olhando? — perguntou Lydia, seguindo meus olhos.

— Nada — voltei a me concentrar na tarefa. — Só estava pensando.

— Não olhe para ela, Cole, olhe para mim — prosseguiu Bea, atrás de Lydia e me olhando por trás dela. — Eu estou viva e sou bonita. Vamos para a fonte de refrigerante juntos, podemos nos beijar e ouvir o coração batendo um do outro...

Revirei os olhos. Bea parou e voltou à sua voz normal.

— Ela gosta de você, sabe disso, não é? — disse ela, sem rodeios.

Olhei para Bea, mas antes que eu pudesse reagir, Lydia voltou a cabeça na direção de Bea de novo.

— Opa...

— Que foi? — perguntei.

— É aquela sensação de novo. Como da última vez que conversamos.

— Ai, ai, alguém está "sentindo algo" quando vocês conversam — disse Bea, sarcástica. — Ah, Cole, que sensação é essa que eu tenho sempre que estou perto de você? Estou lhe dizendo, essa garota não é nada sutil.

— Quer parar?! — eu disse finalmente para Bea.

— O quê? — perguntou Lydia.

— Nada, eu... que sensação? Você disse algo sobre uma sensação...

Lydia fechou os olhos e explicou:

— Aquela presença, assim como no outro dia. Mas está mais forte agora.

Ela passou a mão ao redor do rosto de Bea. Bea se inclinou para trás, longe da mão de Lydia.

— Ah. Sou eu que ela está sentindo — disse, sem emoção. — Tudo bem, eu vou sumir.

Bea saiu da sala. Lydia manteve os olhos fechados por um segundo, inspirando e expirando devagar, como se estivesse se concentrando intensamente naquilo que dizia estar sentindo. Finalmente, ela abriu os olhos e disse:

— Acho que já foi.

— Estranho...

Os olhos de Lydia pousaram em minha mão.

— Você está usando esse anel de novo...

Olhei para baixo e percebi que estava mexendo no anel.

— Eu... Eu gosto de brincar com ele. Ajuda com minha ansiedade.

— Posso ver?

Hesitei, mas como não tinha uma desculpa para dar, tirei o anel de meu dedo mindinho e o entreguei a ela.

Lydia o pegou e ficou analisando-o. Revirando-o na mão.

— Já vi este anel em algum lugar...

Ela mordeu o lábio inferior e estalou a língua, girando o anel de um lado para o outro. Até que deu de ombros e o devolveu a mim.

— Mas não lembro onde.

* * *

— Ela gosta de você — disse Bea mais tarde, depois que Lydia foi embora e nós dois estávamos na sala de música, tocando juntos de novo.

Ela estava sentada no piano, tocando algumas notas, sem olhar para mim, fingindo indiferença, apesar da conversa que estávamos tendo.

— Ela não gosta de mim — eu disse, enquanto terminava de afinar o violão.

— Ah, claro, então tá bem — Bea fez um segundo de silêncio. — Mas gosta sim.

— Ela… quer parar? — eu disse. — Ela é só minha amiga.

— E está apaixonada por você.

— Ela estava só me ajudando com a tarefa.

— Ah, claro. Uma tarefa de amor.

— Bea!

— Só estou dizendo que ela gosta de você, não que você precisa gostar dela também! — ela tocou um acorde no piano, mas logo parou e se virou para mim. — Você não gosta dela, não é?

— Que diferença faz se eu gosto dela ou não? — perguntei, tentando conter um sorriso.

— Eu… — Bea se calou e ergueu o rosto de uma maneira bem majestosa. — Não faz diferença. Eu só… estou curiosa.

Larguei meu violão e fui até ela. Sentei-me no banco do piano a seu lado, passando levemente meu braço pelo dela e sentindo aquela sensação esfuziante familiar surgir de novo. — Você está com ciúmes. De novo.

Ela revirou os olhos.

— Você já estava com ciúmes da última vez que viemos aqui. Antes mesmo de nos beijarmos.

— Você se acha, Garoto de Coração Pulsante — disse ela, por fim, mas eu notei que ela também estava tentando conter um sorriso.

Ela se virou de frente para mim e me encarou:

— A verdade é que estou preocupada com a pobre Lyanne.

— Lydia.

— Que seja, dane-se — Bea respirou fundo e, de novo, com aquele ar de realeza britânica, prosseguiu: — Como eu disse, tenho certeza de que ela gosta de você, mas acho que ela poderia arrumar coisa melhor.

— Ah, é mesmo?

— É mesmo. Se ela olhar ao redor, tenho certeza de que encontrará alguém mais digno dela do que você.

— O que há de errado comigo?

Bea me olhou de cima a baixo.

— Bem... você acha que é mais inteligente do que realmente é, para começo de conversa.

— Não sei... sou inteligente o bastante para perceber que você está morrendo de ciúmes.

— E você não é tão *engraçado* quanto pensa...

— Sabe o que *é* engraçado? A cara que você faz quando está com ciúmes. Engraçada e uma gracinha.

— E parece que não sabe o que dizer a uma garota quando ela está chateada com você...

— Isso eu não vou negar.

— E, também, você não toca tão bem quanto pensa.

Parei, atônito.

— Não, tudo bem, você toca bem, essa última não foi verdade — disse Bea. — Mas eu sou melhor.

— Contra isso não posso argumentar

— Sabe, eu também tinha um amigo quando era viva.

— É mesmo?

— Sim.

— E qual era o nome desse rapaz, se me permite perguntar?

— Nelson — disse Bea, fingindo indiferença. — Ele era alto também.

— Ah, é?

— Mais alto que você — Bea deu de ombros, observou meu braço e um breve sorriso brotou em seus lábios. — Mais forte também. O pai dele trabalhava com construção e ele o ajudava às vezes. Ganhou bastante músculo por isso.

— Não sei se gosto desse tal de Nelson.

— Ah, acho que ele também não ia gostar de você, o que é um problema, porque ele poderia lhe dar uma surra. E tenho certeza de que ele tinha uma queda por mim. Você tem sorte de não o ter conhecido.

— Parece que eu estaria em maus lençóis se o conhecesse — eu disse.

O sorriso de Bea se transformou em uma leve risada. Ficamos ali, olhos nos olhos, rostos próximos. Tive vontade de me inclinar para frente e beijá-la de novo, mas aquela sensação borbulhante em meu braço não me deixava esquecer que não podia.

Meu celular vibrou. Olhei e vi que era uma mensagem de Lydia:

Oi, Cole. Pode vir na loja de meu avô à noite?

— O que aconteceu com seu telefone mágico?

— Nada, é só uma mensagem de... — parei e ergui os olhos.

Bea ergueu as sobrancelhas.

— Uma mensagem de Lydia Vivinha da Silva?

— Você tem que parar de pôr apelido em todo mundo. Garoto de Coração Pulsante já era ruim, e agora esse...

Meu celular vibrou. Lydia de novo:

Por favor. É muito importante.

— E daí? O que a srta. Nunca-Fui-Atropelada-Por-Um-Bonde quer?

— Ela está me pedindo para ir à loja do avô dela — eu disse, ainda olhando a mensagem. — Disse que é muito importante.

Olhei para Bea. Ela deu de ombros.

— Que foi? Acha que eu me importo? Vá. Vá a esse maldito lugar. Por que não foi ainda?

Eu sorri, sacudi a cabeça e me levantei.

— Vou deixar você em casa e volto assim que descobrir o que ela quer, tá?

— Ah, eu sei o que *ela* quer...

— Bea...

— Estou só brincando. Pode ir, vou ficar bem.

Ela se levantou e eu saí andando em direção à porta, na frente dela. Mas me virei, senti algo estranho bem lá no fundo.

— Esse tal de Nelson... você inventou ele para me deixar com ciúmes, não é?

Bea deu aquele mesmo sorriso travesso da foto do álbum.

— Vamos lá; você vai se atrasar. Não deixe Lydia esperando.

Ela passou por mim e saiu da sala de música.

* * *

Deixei o anel — e Bea — em casa, e fui pelo centro de Spectral Valley até ver a placa da LIVRARIA DO SOBRENATURAL que tinha visto pela primeira vez quando mamãe e eu dirigimos pela cidade.

Nelson... ela deve ter inventado esse cara.

Subi os degraus do alpendre.

Mesmo que tenha existido, ele não existe mais. Eu sim. Que peninha para ele.

Parei em frente à porta e tentei olhar pelo vidro fosco. Será que a livraria estava aberta? Não parecia ter ninguém lá dentro.

Tudo bem, foi um pensamento maldoso. Mas não faz mal, porque, de qualquer maneira, provavelmente não existiu nenhum Nelson. E se existiu, nem devia ser tão alto.

Levantei a mão para girar a maçaneta e ver se a porta estava aberta. Mesmo que ele fosse alto, e daí? Eu também sou alto, até parece que...

Mas antes que a alcançasse, uma pessoa apareceu atrás do vidro fosco e, um segundo depois, a porta se abriu, uma Lydia muito animada apareceu.

— Que bom que veio. Entre, você precisa ver uma coisa.

— Lydia... como diabos você sabia que eu estava aqui? Eu não bati.

— Eu já disse, Cole, tenho sexto sentido — disse ela. — Além disso, temos câmeras de segurança — Ela indicou com a cabeça uma câmera bem acima da porta. — Vamos, entre.

Entrei e me deparei com uma sala abarrotada e empoeirada cujas paredes estavam quase inteiramente escondidas por fileiras e fileiras de pilhas de livros, caixas cheias até a borda de coisas coloridas variadas e de todos os tamanhos e prateleiras transbordando. Do meio do teto pendia um lustre baixo, que lançava uma luz dourada e causava a impressão de que aquela sala existia em um outro mundo — como se eu houvesse acabado de sair de Spectral Valley e entrado em um bazar de uma terra fantástica.

— O que vendem aqui?

— Livros do gênero sobrenatural, como diz o nome da livraria — Lydia continuou andando. — E outros itens mágicos variados. Mas livros são nossa especialidade. E o que estamos procurando hoje é um livro. Venha.

Ela me levou a uma segunda sala, onde tinha prateleiras empoeiradas bem próximas umas das outras, todas forradas de livros de cima a baixo.

— Só *um* segundinho — disse Lydia, passando os olhos por uma prateleira, examinando as fileiras.

Dei um passo em sua direção e quase tropecei em uma poltrona. Nela, parcialmente escondido atrás de um livro de capa dura, meus olhos captaram algo que parecia um...

— Isso é um crânio de macaco? — perguntei, referindo-me àquela coisa que estava na poltrona e que parecia muito com uma caveira de macaco com um chapeuzinho vermelho.

— Qual crânio de macaco? — perguntou Lydia, subindo em uma escada para procurar nas prateleiras superiores.

— Vocês têm mais de *um* crânio de macaco aqui?

— Tem um espírito demoníaco antigo preso dentro desse com um chapeuzinho vermelho.

Tirei a mão rápido e fui até ela.

— Tá, caveiras de macaco e espíritos demoníacos. Não estou gostando muito deste lugar, Lydia. Pode me dizer o que estamos fazendo aqui?

— Só um segundo. Meu avô me faz guardar todos os livros assim que leio. Sei que coloquei aqui em algum lugar... — Lydia vasculhou a prateleira, livro por livro, procurando algo. — Então, sabia que no século XIX teve uma grande expansão da exploração mundial, e arqueólogos e geógrafos organizaram milhões de expedições ao redor do globo para descobrir restos de civilizações antigas por toda a Ásia, África e América do Sul?

— Claro, quem *não* sabe disso...

— Pois é! Então, durante esse tempo, um bando de exploradores começou a encontrar uns artefatos incomuns por todos os lados. Egito, Peru, Floresta Amazônica... artefatos que tinham propriedades estranhas.

— Estranhas como?

— Maldições, feitiços, o pacote completo — Lydia tirou um livro daquela fileira, leu a capa, sacudiu a cabeça e o colocou de volta junto com os outros, e continuou procurando. — A coisa ficou tão ruim que a *Real Sociedade Geográfica* divulgou um memorando oficial pedindo aos exploradores e arqueólogos que não retirassem itens suspeitos de seus lugares. A maioria das pessoas seguiu esse conselho; quase ninguém quer mexer com coisas amaldiçoadas, não é mesmo?

— Claro... — eu disse.

— Enfim, a questão é... — Lydia estalou os dedos. — Aqui está! — Ela puxou um livro grande e pesado de uma das prateleiras e pulou de volta para o chão. — Vamos, você tem que ver isto.

Ela me levou para outra sala — essa atrás do balcão desorganizado no fundo da loja. Colocou o grande livro em cima de uma mesa. O título dizia: *Catálogo do Museu de Arte e História de Spectral Valley*, 1927

— Vamos ver um livro de arte?

— Lembra que eu lhe disse, na escola, que Spectral Valley era um ponto de encontro para atividades sobrenaturais?

— Mais ou menos.

— Este lugar era a razão — disse, batendo com o dedo na capa do livro. — O Museu de Arte e História de Spectral Valley, que funcionou de 1920 a 1941.

Observei a capa daquele livro antigo.

— Um museu é o motivo pelo qual esta cidade é um ponto de encontro para coisas assustadoras?

— A seção de arte deles era meio sem graça, mas os artefatos históricos eram coisa séria. Eles tinham uma coleção *enorme* de itens arqueológicos ultrarraros e ultravaliosos...

Ela abriu o livro e começou a folhear as páginas quebradiças e amareladas, uma por uma.

— Como um museu de cidade pequena consegue uma coleção enorme de itens arqueológicos ultrarraros e ultravaliosos?

— Sabe aqueles artefatos amaldiçoados dos quais eu estava falando, que quase ninguém queria tocar? — Lydia levantou os olhos brevemente do livro. — Bem, eu disse "quase ninguém", porque houve um homem, um arqueólogo daqui mesmo, de Spectral Valley, que resolveu que não tinha problema nenhum em ir atrás de coisas amaldiçoadas das quais todo mundo tinha medo de se aproximar. — Ela continuou folheando o livro, passando o dedo em cada página, procurando alguma coisa. — Então, esse cara passou a vida fazendo expedições perigosas, coletando um monte de artefatos da lista proibida, itens que outros exploradores conheciam, mas tinham medo de explorar. A propósito, é meio idiota mexer com coisas, mesmo não mágicas, que não pertencem à gente! Mas era ainda pior que isso, porque esses itens em particular não só não pertenciam às mãos de exploradores ou curadores de museus, como também eram, tipo, muito, muito perigosos. Mas esse cara não se importava com nada disso e abriu um museu com todas as coisas que encontrou...

— O Museu de Arte e História de Spectral Valley?

— Muito bem. E por causa disso, o museu estava lotado de coisas assustadoras, mágicas e amaldiçoadas.

Ela finalmente parou de virar as páginas, perto do meio do livro, e sorriu.

— Como isto aqui — ela olhou para mim. — Olhe, eu sei que você não acredita no sobrenatural, Cole, mas...

— Na verdade, ultimamente, ando com a mente mais aberta em relação a coisas sobrenaturais.

Lydia sorriu.

— Ah... Que bom ver que minha amizade está tendo um impacto na sua visão de mundo.

Pois é. E também o fantasma de verdade que morava no meu quarto comigo.

— Dá uma olhada... — ela apontou um lugar no livro aberto.

Eu me inclinei para frente para ver o que tinha naquela na página. E ali, desbotado, amarelado e empoeirado, mas inconfundível, estava um desenho do anel com a pedra preciosa verde que naquele momento estava na mesa do meu quarto, na minha casa.

Ao lado dele tinha o desenho de um anel diferente — só uma argola, sem pedra preciosa. E embaixo da ilustração, estavam as palavras: Anéis dos amantes.

— Lembra quando eu disse que já tinha visto aquele anel que você estava usando antes? — perguntou Lydia, com uma pitada de animação na voz. — É este anel, não é?

— Sim... — eu disse, devagar. — Bem, é ele ou se parece *muito* com ele.

— E nas duas vezes que você estava usando aquele anel na escola, eu senti uma presença ao nosso redor!

— Então... o que está querendo dizer? O anel é amaldiçoado?

— Veja, veja — ela virou a página de novo e eu me inclinei para olhar a próxima. — Esses desenhos foram encontrados com o anel. Eles contam uma história. Dá uma olhada.

Ela virou o livro para mim. A imagem da impressão de um manuscrito que parecia ser muito antigo, cheio de hieróglifos, runas também antigas e desenhos preenchia a página. Embaixo, tinha uma descrição:

> O documento acima conta a história de um casal de jovens amantes no antigo Egito cujas famílias rivais não aprovavam seu relacionamento. Loucos de amor e desejo, os dois amantes fugiram de sua aldeia para poder encontrar a felicidade juntos em outros horizontes. Eles vagaram durante semanas, até que encontraram um poderoso feiticeiro que vivia em reclusão perto de um rio sem nome. Ainda perseguidos por suas famílias, os dois imploraram ao homem que os mantivesse seguros e, mais importante, juntos, não importa o que acontecesse. O homem

ofereceu a eles um par de anéis e prometeu aos dois que, enquanto os usassem, ninguém poderia impedir o amor dos dois.

O documento original não diz mais nada sobre o destino do casal. Os dois anéis foram encontrados em um sítio de escavação nos dedos de dois esqueletos humanos, abraçados mesmo na morte. De acordo com inscrições hieroglíficas encontradas ao lado dos corpos, os anéis carregam uma maldição, e quem tentar separá-los estará destinado a uma morte horrível e sua alma será obrigada a vagar pela Terra para sempre.

— Então, a maldição diz que se a pessoa separar um anel do outro… morrerá… — eu disse, lentamente, enquanto as peças se encaixavam em minha cabeça.

— Não só morrerá — acrescentou Lydia —, mas morrerá *e* será amaldiçoado a vagar pela Terra para sempre — ela virou a página mais uma vez. — E não só *isso*; diz aqui que, uma vez por ano, a alma amaldiçoada ganhará forma material na noite do aniversário de sua morte para que possa tentar "consertar o erro que cometeu".

— Foi por isso que Bea ganhou vida na noite de Halloween — murmurei, perdido em pensamentos.

— O que você disse?

— Nada, nada mesmo.

— Sabe o que isso significa, Cole? Esse anel está mantendo uma alma cativa. Alguém provavelmente separou os dois anéis há muito tempo, foi amaldiçoado e morto… e sua alma agora está ligada a esse anel! Essa foi a presença que eu senti na escola!

Lydia respirou fundo, fechou o livro e se virou para mim, me olhando bem nos olhos.

— Cole, escute. Sei que é muita coisa para você assimilar, mas as evidências são incontestáveis. Eu acho… acho que você está sendo assombrado por um fantasma.

Ela fez uma pausa dramática.

— Meu Deus — eu disse, fazendo o máximo para parecer chocado.

— Tem certeza? Não pode ser, Lydia.

Ela franziu a testa. Então, sacudiu a cabeça.

— Bem, mas é. Você está sendo assombrado. E quem o está assombrando está em apuros, e o anel é a causa disso. Parece que a única maneira de quebrar a maldição é devolvê-lo ao seu par, como diz o livro.

— Mas você disse que o museu fechou nos anos 1940 — eu disse. — Então, como vamos descobrir o que aconteceu com o outro anel?

Lydia sorriu.

— É, isso seria muito difícil. Tipo, incrivelmente difícil. Tipo, você precisaria conhecer uma garota incrível com um conhecimento incrível sobre artefatos sobrenaturais e incríveis habilidades de pesquisa no Google. Acho que essa seria, tipo, a única pessoa que poderia ajudar você. Mas onde alguém encontraria essa garota hipoteticamente incrível, não é?

— Você descobriu onde está o outro anel, não é?

Ela se virou, puxou seu notebook para mais perto e o abriu.

— Claro que descobri, meu amigo assombrado.

Quando ela clicou no navegador, dezenas de abas se abriram.

— Nossa, quantas abas.

— Precisou de *muita* pesquisa. Mas veja o que descobri. O outro anel não ficou na mesma coleção por muito tempo, o que é um comportamento clássico de um artefato amaldiçoado. Ele está tentando voltar para seu par — ela foi passando as abas em rápida sucessão enquanto falava. — Viu? Coleção particular, museu, outro museu, desapareceu por quase uma década, coleção universitária, loja de penhores, loja de penhores, desapareceu de novo, outra coleção particular... nunca fica no mesmo lugar por muito tempo.

— Onde ele está agora?

Ela abriu a última aba, que mostrava a seção LEILÃO de um site de um lugar chamado...

— Museu de História Antiga de Nova York? — eu disse, lendo na tela.

— Fica a mais ou menos uma hora daqui. É onde o anel está agora — disse Lydia. — Mas não por muito tempo, viu? Como em todos os outros lugares, está só de passagem. Está sendo leiloado.

Analisei a imagem do anel sem pedra na tela: uma faixa de ouro com um espaço esculpido no meio onde, presumivelmente, caberia a pedra verde do anel que estava no meu quarto.

— Então, é isso — ouvi a voz de Lydia ao meu lado enquanto eu mantinha os olhos na tela. — O leilão é amanhã. Eles têm uma cláusula de anonimato, então não vai conseguir descobrir para quem foi vendido. Mas se chegar no museu antes que seja vendido, só tem que devolver o anel ao seu par e então... puf! Chega de fantasma!

Eu me virei e olhei para ela.

— Espere aí. O que significa isso de "chega de fantasma"?

— Você quebra a maldição, o fantasma vai embora! Pelo menos, é assim que deveria funcionar. Eu não sei direito, meus estudos sobre maldição estão meio desatualizados.

— Mas o que significa "ir embora"? O fantasma morre?

— Não! Ele apenas... segue em frente.

— "Seguir em frente" parece muito com "morrer", Lydia.

— Fantasmas já estão mortos, Cole, eles não podem morrer de novo — ela parou um instante. — Mas quando não conseguem seguir em frente, eles ficam presos neste plano de existência. Para sempre. Observando o mundo passar, ano após ano após ano após ano... sozinhos. Não é legal para eles.

Pensei em Bea sozinha durante meses em casa antes que eu me mudasse, sem ninguém com quem conversar, sem ninguém que pudesse vê-la...

— Não sei quem está assombrando você, Cole — prosseguiu Lydia —, mas acredite: quebrar essa maldição seria um *baita* favor que faria a esse fantasma.

Meus olhos vagaram de volta à imagem do outro anel na tela do notebook. E depois, à data do leilão no topo da página: amanhã.

* * *

Parei no alpendre da minha casa, com a mão na maçaneta, e dei um passo para trás. Em voz baixa, ensaiei como tocaria no assunto...

— E aí, Bea? Aconteceu um lance engraçado. Sabe aquele anel que está prendendo sua alma?

Não é um lance engraçado, cara. Ela está amaldiçoada e precisa juntar os anéis para que sua alma possa sair do limbo eterno em que está presa! Isso é "engraçado" por acaso?

— E aí, Bea? Aconteceu uma coisa muito séria e talvez preocupante... Sabe aquele anel que está prendendo sua alma?

Tá, também não precisa assustar a garota. Vai com calma, aí.

— E aí, Bea! Então... tenho um assunto meio sério para discutir com você... sabe aquele anel que...

Sacudi a cabeça e parei de falar.

Talvez Bea nem ligasse. Talvez não desse a mínima para o fato de o anel ser amaldiçoado; ela era o que era agora, e tudo bem. Por que mexer com uma maldição? E se ela morresse para sempre depois de devolver o anel?

Mas, pensando bem, talvez ela se importasse. Talvez todos os seus medos em relação à natureza de sua existência e seu futuro e toda sua solidão a fizessem querer devolver o anel ao seu par e quebrar a maldição, independente do que pudesse acontecer depois.

E depois?

Depois Bea desapareceria. Não "desapareceria" como fantasma, mas desapareceria de verdade, para sempre, como todas as outras pessoas mortas do mundo.

Como papai.

Não importa. A decisão é dela, não minha.

Entrei e subi a escada de dois em dois degraus. Respirei fundo em frente à porta do meu quarto, me preparando para o desafio que tinha pela frente. Pouco antes de abrir a porta, parei.

Tinha música vindo de dentro. O som de um piano suave, tocando uma música que eu reconheci...

Abri a porta e entrei em silêncio. Bea estava sentada de costas para mim, inclinada sobre meu piano velho de brinquedo de quando eu era criança. Seus dedos se moviam pelo teclado lenta e deliberadamente, tirando dele uma melodia que eu conhecia muito bem.

Era Death Cab for Cutie, *I'll Follow You into the Dark*.

Ela não me ouviu nem me viu entrar. Fiquei ali olhando-a tocar. E pensei no que tinha para dizer a ela e no que Lydia dissera: que Bea desapareceria.

Pensei na festa Gatsby em Nova York, nas nossas primeiras noites acordados ouvindo música, na primeira vez que nos vimos depois que coloquei o anel e no susto que ela me deu, e na noite no cemitério com o avião, e naquelas vezes na sala de música da escola, tocando juntos...

Então, pensei em minha vida antes de conhecê-la. Nos dias silenciosos, nas noites solitárias e naquela sensação de vazio que eu carregava desde que meu pai morreu, que estava muito mais fraca, muito mais distante desde a primeira vez que coloquei aquele anel.

Parado ali ouvindo, vendo sua cabeça balançar devagar ao ritmo da música e seus ombros subindo e descendo a cada nota, me dei conta de uma coisa; algo tão óbvio, tão na cara nestes últimos dias que eu não sabia como podia não ter percebido antes:

Eu estava apaixonado.

CAPÍTULO 23

Bea

Ouvi pés se arrastando atrás de mim, me virei e encontrei Cole perto da porta.

— Jesus Maria José, você me assustou! — eu disse, levando uma mão ao peito.

Ele entrou no quarto e fechou a porta.

— Desculpe... Eu estava... ouvindo. Aquela música que você estava tocando...

— O que tem ela?

— É a música que te contei. A primeira que meu pai me ensinou a tocar.

Concordei com a cabeça.

— Achei linda quando me mostrou e quis aprender, mas não podia ir na sala de música da escola sozinha. Então, pensei, "E se eu fuçasse no sótão onde o Garoto de Coração Pulsante disse que tinha um piano de brinquedo e o trouxesse para cima e tirasse a música nele?". Então, foi o que eu fiz! — Calei-me por um instante. — Eu tenho muito tempo livre enquanto você está fora...

Cole sacudiu a cabeça, sorrindo, como se o que eu tinha acabado de dizer fosse a coisa mais incrível, interessante e inspiradora que ele já ouviu.

Ele se sentou na cama e eu me levantei do chão e me sentei ao lado dele.

— Que foi? Por que está me olhando desse jeito? — perguntei.

— Nada, é que... — ele observou meu rosto por um bom tempo. — Você é incrível, sabia?

Olhei de novo em seus olhos, e de novo tive aquele impulso bobo de simplesmente estender a mão e tocá-lo; mas logo lembrei: *Ah, claro, sou um fantasma, não posso tocá-lo.*

— Bem — eu disse —, na verdade, sei que sou incrível, mas obrigada por me lembrar. Agora, temos um violão e um adorável pianinho de brinquedo, e, se não me engano, sua mãe só volta daqui a uma hora. O que acha de fazermos um pouco de barulho e tocarmos juntos um pouquinho?

— Na verdade... precisamos conversar primeiro, Bea — disse ele, devagar. — Preciso te contar uma coisa.

Sentei-me na frente do piano de brinquedo de novo e toquei alguns acordes.

— Seja lá o que for, pode esperar até depois de Bessie Smith — passei para uma versão acelerada de *Down Hearted Blues*. — Venha, toque comigo!

Cole sacudiu a cabeça, mas acabou pegando seu violão e se sentou no chão ao meu lado.

Tocamos a música, e depois tocamos outra, e outra, e outra, e outra. De repente, estávamos em uma de nossas longas discussões sobre música, bandas e artistas, como as que costumávamos ter em nossos primeiros dias juntos:

— Tá, tá... o show hipotético é... Louis Armstrong e... Taylor Swift — disse Cole.

Estávamos sentados no chão, cara a cara, o piano e o violão esquecidos ao lado e música de minha época tocando no telefone mágico de Cole, entre nós.

Fiz uma careta diante da sugestão dele.

— O quê?! Você não iria?! Armstrong e Swift, finalmente juntos?

— Tá... tudo bem, eu iria.

— Sua vez.

— Sidney Bechet e... qual era o nome daquele sujeito com rabiscos no rosto? Toast Balloon?

— Post Malone.

— Isso, esse mesmo!

Ele jogou a cabeça para trás, rindo. Continuamos lançando ideias hipotéticas de shows e, a certa altura, começou a tocar um jazz animado no telefone de Cole e... pode ser, talvez, que eu tenha sugerido que procurássemos na Internet instruções sobre como dançar charleston. E foi o que fizemos, tentamos aprender, e foi um fracasso espetacular, mas, meu Deus, fracassamos com entusiasmo.

— É assim — eu disse, olhando para Cole depois de olhar para o vídeo no telefone dele. — Com os pés, viu?

Eu tentei mexer os pés como a moça do vídeo. Cole, enquanto isso, estava tentando se concentrar nos movimentos dos braços, e parecia que estava espantando um enxame de abelhas ao redor de sua cabeça.

— É impossível! — disse ele, e voltou o vídeo para que pudéssemos assistir de novo. — A pessoa tem que ter pernas e braços scientes, que se mexam independentemente uns dos outros!

— Não é tão difícil, veja, acho que entendi agora!

Fiquei de frente para ele, fazendo o possível para dançar como a moça do vídeo, ao ritmo da música.

Cole me olhou de cima a baixo.

— Consegui? Estou dançando?!

— Você está dançando *alguma coisa*, com certeza, mas, definitivamente, não é charleston.

Continuamos tentando (e fracassando), e uma hora eu ri muito quando Cole tropeçou nos próprios pés tentando fazer um movimento bem ousado. Estendi a mão para ajudá-lo a se levantar, esquecendo que não podíamos nos tocar, e nossas mãos se atravessaram; aí, eu quase perdi o equilíbrio e acabamos os dois caindo na cama, sem fôlego, exaustos, e rindo tanto que não conseguíamos manter os olhos abertos.

Eu me virei para ele, ainda tentando parar de rir, e seus olhos encontraram os meus. Estávamos deitados tão perto um do outro que eu podia sentir de leve aquela sensação esfuziante que tinha sempre que passava por outra pessoa.

— Então, está decidido — disse Cole. — Podemos tocar juntos lindamente. Podemos *falar* sobre música como ninguém. Mas não podemos...

— ...dançar charleston — completei. — Não, de jeito nenhum. Devia ser proibido que pessoas como nós tentassem.

— Acha que é só o charleston? Ou acha que seremos péssimos em todas as danças possíveis que possamos tentar?

— Acho que teremos que dançar muitas danças diferentes e descobrir — eu disse, sem pensar.

Então, me passou pela cabeça que seria muito difícil, para nós, dançar qualquer coisa que precisasse de contato físico. Cole desviou o olhar e seu sorriso diminuiu por um momento, e imaginei que ele tinha tido a mesma percepção.

Levantei a mão diante do rosto dele.

— Me dá sua mão — eu disse.

— Não podemos nos tocar — disse ele. — Como vou...

— Não interessa. Me dá sua mão.

Ele levantou a mão e devagar posicionamos nossas palmas frente a frente e ficamos assim. Então, Cole estendeu os dedos lentamente e eu senti aquela sensação esfuziante de novo, mas não foi desconfortável nem estranho dessa vez.

Foi familiar. Me senti segura.

— Me conte algo sobre você — sussurrou Cole, olhando para nossas mãos que se tocavam sem se tocar.

— Tipo o quê?

— Sei lá. Só quero ouvir sua voz. — Ele pensou por um momento. — Qual é seu... animal favorito?

— Panda.

— E sua... comida favorita?

— Urso panda também.

Eu ri da expressão horrorizada que ele fez.

— Não, falando sério — eu disse. — Acho que é algo com morango e creme.

— Festa favorita.

— Bem, *era* o Halloween, mas não é mais.

— Entendo.

— Então, agora deve ser... Réveillon.

— Por quê?

Eu dei de ombros.

— Sei lá, pelos fogos de artifício. E acho que também pela ideia de começar do zero, ter um ano novo inteiro para olhar para frente e me perder em todas as suas possibilidades.

Cole fez que sim com a cabeça.

— Sim, concordo que o Réveillon combina com você.

— Sabe, eu e meus pais sempre ficávamos em casa no Ano Novo. Nunca íamos ao parque ou a uma festa como outras famílias. Nós chamávamos algumas pessoas, cada uma levava seu instrumento, e depois de ver os fogos de artifício no jardim, entrávamos e tocávamos a noite toda; ou até um vizinho ir lá gritar conosco. Era incrível.

— É, parece supimpa.

Eu levantei a sobrancelha.

— Supimpa? Você está falando como eu, agora?

Ele sorriu e deu de ombros.

— Quis dizer que devia ser incrível. Tocar música no final do ano, ver os fogos de artifício...

— Você e eu podemos fazer isso.

— Como assim?

— No final do ano. Podemos entrar furtivamente na sala de música da escola, como já fizemos. E podemos ver os fogos de artifício de lá e depois tocar juntos. Por que não?

Seus olhos encontraram os meus e ele pareceu hesitar por um segundo.

— Que foi? Você não quer passar o Ano Novo comigo?

— Não, eu...

Ele não prosseguiu.

— Se você disser que vai passar o Ano Novo com aquela tal de Lydia, juro por Lúcifer que eu...

Ele riu e sacudiu a cabeça. Então, respirou fundo e sorriu de novo.

— Adorei a ideia. Combinado.

— Combinado — repeti.

Ele passou a mão através da minha, depois no sentido inverso e depois de novo para frente, e nós dois ficamos olhando aquela cena incomum: meus dedos translúcidos passando pelos dele, enquanto movimentávamos os braços como se dançássemos uma música lenta.

— Você é minha melhor amiga e morreu há cem anos — disse ele, baixinho.

— Bem... você é *meu* melhor amigo e vive no futuro.

— Isso é um problema...

Fiz que sim com a cabeça. Mantivemos os olhos em nossas mãos dançantes; o movimento e a sensação esfuziante eram cada vez menos estranhos; já estávamos nos acostumando.

— O que acha que eles estão fazendo? — perguntou Cole.

— Quem?

— Aquela versão nossa em outro universo do qual falamos. Aquele em que nós dois estamos vivos.

Pensei nisso por um momento. Por fim, eu disse:

— Eu até poderia dizer, mas não quero que me ache atirada.

Cole parou, riu e corou.

— Uau...

Eu o observei; estava adorando sua risada, o jeito como seus olhos se estreitavam, como ele desviava o olhar, suas bochechas vermelhas.

— Bom... tá. Tudo bem — disse ele por fim, evitando meus olhos.

— Você está envergonhado, Garoto de Coração Pulsante — eu disse, sorrindo.

— Não, não estou; eu... ah, cale a boca!

— O que *você* acha que eles estão fazendo? — perguntei, por fim, dissipando a tensão.

— Bem, não posso responder agora depois do que você disse!

— Vamos! Sem brincadeira, diga.

Cole mordeu o lábio inferior, pensando. Então, olhou para mim e disse:

— Acho que estão fazendo alguma coisa muito chata. Tipo fazendo fila no cinema para comprar pipoca. Ou procurando um dos brincos que ela adora, mas não consegue encontrar. Ou só sentados ouvindo música no fim da noite. É tranquilo, lento e mundano, e nenhum dos dois têm ideia da sorte que têm, e nunca terão, porque eles não conhecem nada além da vida perfeita que têm.

Fiquei processando suas palavras; abri a boca para dizer algo, mas... descobri que não tinha nada a dizer. Então, apenas sorri. E ficamos assim, deitados, olhos nos olhos, por um bom tempo, cada um sonhando com aquela outra versão de Cole e Bea, em algum lugar na vastidão de todos os universos em que ele acreditava.

— O que você ia me dizer? — perguntei, depois de um tempo.

— O quê?

— Antes de começarmos a tocar. Disse que precisávamos conversar.

— Ah... é.

Cole franziu a testa. Ele ficou em silêncio por um momento e começou a mexer no anel em seu mindinho. Girou-o; parecia preocupado.

— Cole? O que foi?

Cole soltou o anel. Olhou para mim, sorriu e disse:

— Nada. Bobagem.

CAPÍTULO 24

Cole

Sr. Porter falava sem parar com a classe dos trabalhos que fizemos sobre *O grande Gatsby*. Como de costume, eu mal estava ouvindo. Meus olhos estavam grudados em meu celular escondido debaixo da mesa. O navegador estava aberto na página de leilões do Museu de História Antiga de Nova York, onde tinha uma contagem regressiva que informava:

17 minutos, 30 segundos restantes

Embaixo, tinha uma lista de vários itens, com um botão de LANCE embaixo de cada um e uma etiqueta dizendo VENDIDO ou DISPONÍVEL.

Fui rolando a tela até encontrar o outro anel. Vi a palavra DISPONÍVEL embaixo do botão LANCE e soltei um suspiro de alívio. Se o anel não fosse vendido para ninguém, ainda estaria no museu após o leilão, e ainda daria tempo de devolver *nosso* anel ao seu par.

Eu não sabia se queria isso, mas, sem dúvida, queria que fosse uma *opção* pelo maior tempo possível.

A verdade era que eu *queria*, sim, contar a Bea dessa história. Eu ia contar na noite anterior, mas quando chegou a hora, simplesmente não consegui. Só de pensar em ela seguir seu caminho, simplesmente desaparecer para sempre desta realidade, como papai...

Ela não queria isso. Afinal, quem *quer* morrer? Sim, talvez viver como um fantasma não fosse o ideal; ela precisava do anel para que as pessoas a vissem, e não podia tocar nelas, e o mundo atual era meio diferente do que ela conhecia... mas com certeza era melhor que morrer, não é?

Esses pensamentos não me saíam da cabeça o dia todo, e sempre que eu me convencia de que tinha feito o certo, outra voz ecoava em algum lugar de minha mente, dizendo:

É, mas você não acha que ela é quem deveria decidir?

Abaixei a cabeça na mesa, estressado. Claro que essa outra voz estava certa. Tinha que contar para ela. E aí, se ela quisesse ficar, perfeito, nada mudaria, nós ainda moraríamos juntos e ficaríamos juntos e tocaríamos música juntos e nos divertiríamos juntos e, quem sabe, talvez um dia, encontrássemos o tataraneto daquele maldito feiticeiro que fez os anéis e ele diria: *Ah, por falar nisso, eu tenho uma poção aqui, beba isto e Bea voltará à vida!*, e tudo seria perfeito.

Mas talvez ela *quisesse* seguir seu caminho. E nós devolveríamos o anel ao seu par e... assim como meu pai, Bea não faria mais parte deste mundo. Ela iria embora para sempre.

Eu a conhecia tinha menos de um mês e já não conseguia imaginar um mundo sem ela.

— Aqui está, sr. Sanchez — disse o sr. Porter, me distraindo de meus pensamentos perturbadores.

Ele deixou a tarefa concluída em cima da minha mesa e desceu a fileira.

Olhei para baixo; o sr. Porter tinha escrito um grande D com caneta vermelha ao lado do título, junto com as palavras *Ótima análise do cara do Sparknotes. Da próxima vez, eu adoraria saber o que você acha do tema.*

— Droga... — eu disse, baixinho.

Meu celular vibrou e olhei depressa para baixo.

A página do museu tinha sido atualizada e a contagem regressiva agora dizia:

00 minutos, 00 segundos restantes

Rolei a página até o anel e ali, bem ao lado do botão inativo LANCE, estava a palavra:

VENDIDO

Senti um aperto no coração. Então, era isso. O anel não estava mais no museu. E tinha uma cláusula de anonimato, então não tinha como descobrir para quem foi vendido.

Respirei fundo e sacudi a cabeça; não sabia se me sentia aliviado ou chateado.

Tocou o sinal e os outros alunos se levantaram, formando uma cacofonia de cadeiras sendo arrastadas. Passaram por mim e saíram da sala de aula. Fiquei sentado lá, olhando fixamente para o telefone. Quando finalmente me levantei para ir embora, ouvi a voz do sr. Porter me chamando:

— Sr. Sanchez...

Eu me virei. Sr. Porter estava recolhendo suas coisas na mesa. Ele terminou, jogou a mochila no ombro e veio em minha direção.

— Quer falar sobre aquela tarefa? — perguntou, com um tom de voz simpático.

Olhei para o grande D escrito na primeira página do trabalho.

— Acho que não...

— O que aconteceu?

Dei uma olhada no resto da tarefa, em todas aquelas ideias e análises sobre os temas e motivos do livro que eu... bem, não tinha *copiado* palavra por palavra, mas com certa foram "inspiradas" no conteúdo que li na internet.

— Isso — disse o sr. Porter, apontando com o queixo o trabalho que eu tinha nas mãos — não é o que você pensa sobre *O grande Gatsby*. É o que você acha que eu acho que você deveria pensar sobre *O grande Gatsby*. Não concorda?

Fiz que sim com a cabeça.

— É que... é que é um dos livros mais famosos da língua inglesa, sr. Porter, e achei que nada que eu pudesse dizer dele seria melhor do que o que já foi dito antes.

— Não me importa se seria *melhor*. O que significa a palavra *melhor*? O livro fez você sentir algo quando o leu pela primeira vez, não foi?

Concordei com a cabeça.

— Então, escreva sobre isso. E não será *melhor* ou *pior* que a opinião de qualquer outra pessoa porque será sua experiência. E quem melhor do que você para escrever sobre ela?

Ele estendeu a mão.

— Quer tentar de novo?

Eu hesitei, mas acabei entregando a tarefa para ele de volta.

Ele a pegou, e ficamos cada um segurando uma ponta durante um momento.

— Mas, desta vez, você vai me dizer o que *realmente* pensa sobre o livro. Com suas próprias palavras. Combinado?

Concordei com a cabeça e soltei o trabalho. Ele o amassou e formou uma bola com o papel, segurando-a na frente dos meus olhos.

— Isto é sem graça. E eu já lhe disse antes, Cole, você não é uma pessoa sem graça. Não sei por que está se esforçando tanto para ser.

Ele jogou a bola de papel para trás; ela bateu na parede e caiu quase um metro longe da lata de lixo. Ele se voltou e estalou a língua:

— Cara, teria sido o máximo se eu tivesse acertado.

Ele pegou o papel amassado, jogou no lixo e saiu pela porta.

— Até mais, sr. Sanchez! Espero ler em breve seu trabalho *de verdade* a respeito de *Gatsby*!

Enquanto ele se afastava, olhei para meu celular — e para o anel que tínhamos que encontrar para salvar a alma de Bea, mas que agora estava perdido por aí.

* * *

— E aí? Vamos para Nova York? — perguntou Lydia assim que eu saí pela porta principal da escola.

Dei um pulo para trás, assustado.

— Caramba! De onde você saiu?!

— Por meio de técnicas antigas de meditação e atenção plena desenvolvidas pelos primeiros sábios, dominei a capacidade de ficar invisível por curtos períodos de tempo.

— ...tipo, de verdade?

— Não, meditação da invisibilidade não existe, Cole; acorda — ela sacudiu a cabeça. — Estava atrás de você e te chamei várias vezes, mas você não me ouviu. Onde está com a cabeça?

— Desculpe, estou meio distraído — eu disse. — O que você disse sobre Nova York?

— O anel! Aquele que pode acabar com a maldição. Está em Nova York, lembra? E o leilão é hoje. Pensando bem, não foi esta tarde? — ela pegou o celular. — Que horas...

— Foi adiado — eu disse, sem perder tempo. — O site diz que acabou, mas liguei para lá e disseram que será no fim do mês.

— Ah... estranho. Bem, quando for o leilão, se precisar de uma consultora sobrenatural como companhia, conte comigo! — ela fez uma pequena reverência. — E eu cobro preços bem razoáveis.

— Vou pensar no assunto, obrigado.

— Estou brincando, não vou cobrar nada. É um anel amaldiçoado, essas porcarias são minha vida. Ligue para mim quando for.

— Ligo sim — sorri, acenei e dei meia-volta para ir para casa.

Durante todo o caminho, fiquei pensando em como abordar o assunto com Bea. Não sabia como contar do outro anel e a maldição sem mencionar o leilão, e não via uma maneira de falar do leilão sem dizer que eu já sabia dele e não disse nada para ela, e não poderia dizer isso sem explicar *por que* tinha feito isso, e nem eu mesmo sabia o motivo. Quer dizer, não sabia nada além de uma única razão:

Eu não queria perder Bea.

CAPÍTULO 25

Bea

— **Então, eu disse** a Nelson, "Não quer ir comigo? Pois você é um chato de galocha", e saí de fininho e fui para a área fechada do museu, sozinha. Não me entenda mal, adoro Nelson, ele é o máximo, mas é certinho demais, às vezes. Afinal, temos que viver um pouco, não é?!

Eu dei um tapinha na bola de borracha e Norman, o gato, a rebateu para mim. Eu estava sentada no chão do quarto, de frente para ele; estávamos brincando há vinte minutos, enquanto enchia a cabeça dele com as histórias de minha época para passar o tempo.

— Claro que, se eu não houvesse ido explorar sozinha, não teria roubado o anel, e então, não teria parado no meio da rua para olhar para ele e não teria sido atropelada por aquele bonde. Portanto, talvez Nelson tivesse razão em não querer ir comigo... Mas, mesmo assim, que falta de espírito aventureiro, não? Viver é correr riscos, aceite isso.

Joguei a bola de novo, e dessa vez Norman errou. Ficamos olhando enquanto ela atravessava o quarto em direção à parede. Norman não fez nenhum movimento para pegá-la, só ficou olhando para mim.

— Acabou a brincadeira, não é?

Ele se levantou, espreguiçou-se e veio até mim. Olhou-me de cima a baixo e pulou em meu colo; mas, naturalmente, passou direto por minhas pernas e caiu no chão.

— Desculpe, eu não sou material — eu disse. — Pensei que já tivesse percebido isso.

Ele se levantou, deu um passo para trás e uma voltinha, confuso. Então, olhou para mim de novo e deu uma patada em meu braço, mas, mais uma vez, só acertou o ar.

— Sinto muito, amigo. Também gosto de você. Queria poder te fazer carinho. Mas é isso.

Por fim, ele desistiu de me dar patadas. Olhou em volta, aninhou-se ao lado de meus pés e ficou ronronando suavemente, olhando para mim.

— Eu conquistei seu coração, não é, sua coisinha rabugenta?

A porta se abriu e nós dois olhamos para cima. Vimos Cole entrando, de volta da escola.

Ele parou à porta.

— O que está fazendo no chão?

— Sendo amada por seu gato — eu disse, abrindo um sorriso. — Veja! Ele está ao meu lado! Ele tentou até se sentar em meu colo! Fui aprovada.

Cole parou e nos encarou.

— Nunca vi Norman deitado tão perto de *alguém* na vida. Inclusive, quando eu me sento no sofá ao lado dele, ele faz questão de se levantar e ir mais longe. E ainda fica me olhando, para eu saber que foi por minha causa.

— Bem, ele gosta de *mim* agora. Desconfio que este gato sabe quão maravilhosa eu sou.

Cole tirou os tênis e se sentou na cama.

— Parece que gosta mesmo — ele inclinou o corpo para trás e se deixou cair no colchão. — Muito bem, Norman...

No chão mesmo, me virei para ficar de frente para Cole, apoiando o queixo no meu braço na beira da cama.

— Que foi? Você está estranho.

Ele olhou para mim por um momento.

— Só estou cansado. Tirei uma nota ruim em um trabalho na escola...

Franzi os lábios, fazendo um beicinho exagerado, e inclinei a cabeça. Ele riu.

— Estou bem...

Ele desviou o olhar e suspirou. Olhei para a mão dele e percebi que ele estava mexendo distraidamente no anel.

* * *

Por mais que ele tivesse dito que estava bem, os dias seguintes me convenceram que tinha alguma coisa acontecendo com Cole; algo que eu não conseguia identificar. Nós ainda conversávamos, ouvíamos música e fazíamos todas as coisas que costumávamos fazer depois que voltava da escola, mas ele estava meio distante. Como se houvesse algum problema entre nós.

Passávamos muito tempo na sala de música da escola, tocando juntos depois do horário. Aos poucos, durante aqueles dias fomos criando uma melodia, elaborando-a cada vez mais com o passar do tempo, e já estávamos improvisando com ela, jogando notas para frente e para trás, naquele tipo de conversa sem palavras que sempre considerei o motivo de a música ser tão especial. Mas naquele dia, Cole estava errando as notas e saindo do tom. Não estava concentrado no que fazia.

— Desculpe — disse ele depois de tocar outra nota fora do tom.

Ele tirou as mãos do violão e as passou pelo cabelo.

— Qual é o problema? — perguntei, girando no banco do piano para olhar para ele.

— Estou distraído, só isso — disse ele.

Ele estava mexendo no anel do dedo mindinho de novo.

— Tem certeza? Você está estranho há dias, Cole...

Ele olhou para mim, mas logo baixou os olhos de novo para o anel.

— Eu...

— O quê?

Ele respirou fundo, como se estivesse lutando contra alguma coisa.

— Se tem alguma acontecendo, pode me contar — tentei.

Ele girou o anel no dedo. Por fim, sacudiu a cabeça e disse:

— Não é nada — olhou em meus olhos e forçou um sorriso. — Estou bem. Estou cansado, só isso.

Estávamos usando seu telefone mágico para escrever nossa música enquanto a desenvolvíamos. O aparelho estava descansando no suporte de partituras do piano, à minha frente; de repente, ele vibrou. A tela ganhou vida:

Lydia: Descobriu quando é o leilão?
Lydia: Vamos nos livrar desse fantasma!

Eu franzi a testa.

— Cole... apareceu uma coisa na tela do seu telefone mágico.

Cole se inclinou, viu a tela também e pegou o telefone rápido.

— O que foi?

— Nada, é só... uma mensagem da Lydia.

Ele guardou o telefone.

— De que leilão ela está falando? — perguntei. — E por que ela escreveu *Vamos nos livrar desse fantasma*? O que ela quis dizer?

Cole hesitou. Não olhou para mim.

— Cole, o que está acontecendo?

Ele ficou mordendo o lábio inferior por um bom tempo. Quando finalmente falou, foi com os olhos baixos, olhando para os pés.

— Lydia e eu, nós... nós meio que descobrimos por que você está aqui. Digo, por que você morreu e... ficou.

— Você falou de mim para ela?

— Não. Não! Mas ela consegue sentir você às vezes, como na biblioteca da escola aquele dia, lembra? Ela tem tipo um sexto sentido, algo assim. Enfim, ela leu algo em um livro sobre o anel e descobriu o lance todo.

— Descobriu o quê?

Tinha me afastado do piano e estava de frente para ele, tentando entender aonde ele queria chegar com tudo aquilo.

Cole respirou fundo e finalmente olhou para mim.

— O anel... digo, este anel faz parte de um par. Tem outro anel por aí, e quando você os separou, foi amaldiçoada. É isso que está segurando você aqui.

— Sim, eu me lembro de ver outro anel quando peguei esse aí — fiquei calada um instante, tentando juntar tudo em minha cabeça. — Espere aí, mas por que Lydia escreveu *Vamos nos livrar desse fantasma*? O que isso tem a ver com a maldição ou os anéis?

Cole se contorceu todo.

— Bem. De acordo com o livro que ela encontrou, se juntarmos os dois anéis de novo, você... bem, não sabemos exatamente o que aconteceria, mas a maldição seria quebrada, aparentemente. E sua alma seria capaz de... "seguir seu caminho".

— Quer dizer que eu não seria mais um fantasma?!

— Não sei! — disse Cole, rapidamente.

Ele estava ficando cada vez mais angustiado com o assunto. Mas eu não entendia muito bem por quê; afinal, se houvesse outro anel por aí e uma maneira de quebrar essa maldição, seria legal, não é?

— Veja, Bea — Cole prosseguiu —, provavelmente "seguir seu caminho" signifique apenas que você vai morrer. Tipo, para sempre. Morta, mortinha. Não morta, mas andando por aí como agora. Acho que você não quer isso, não é?

Pensei no assunto. Aquele velho medo emergiu lentamente de novo: a ideia de ficar presa neste estranho mundo novo sozinha, vendo as pessoas passarem... vendo Cole envelhecer, e por fim, inevitavelmente, um dia, conhecer uma garota viva e sair de casa...

Pensei no anel esquecido em alguma gaveta empoeirada naquela casa vazia, sendo encontrado semanas, meses, talvez anos depois por outra pessoa, e quem sabe quem seria? E então, um dia, *essa* pessoa iria embora ou envelheceria ou morreria e a vida continuaria passando por mim como uma rajada de vento carregando folhas e eu ficaria ali por toda a eternidade, uma coisa sem idade presa neste mesmo lugar, sendo esta mesma pessoa, para todo o sempre sem nunca saber...

— Onde está? — Eu me levantei, tomada por uma repentina sensação de urgência. — Onde está o outro anel?

— Eu... — Cole se interrompeu. — Você ouviu o que eu disse, não ouviu? Você provavelmente morrerá para sempre se juntarmos os anéis. Talvez seja melhor só... esquecer esse assunto.

Sacudi a cabeça.

— Nós já conversamos sobre isso, Cole. Eu disse que não quero ficar aqui para sempre, vendo o mundo passar. Isso é... isso é pior que morrer. Temos que encontrar o anel. Não me importa o que aconteça se quebrarmos a maldição; tem que ser melhor do que *isto*, não é?!

Cole ficou olhando para os pés por muito tempo.

— Que foi? Qual é o problema, Cole?

Ele guardou o violão. Mordeu o lábio e sacudiu a cabeça.

Então, por fim, olhou para mim, e então, vi que tinha lágrimas nos olhos.

CAPÍTULO 26

Cole

— **O outro anel** sumiu — eu disse, fazendo um grande esforço para olhar nos olhos de Bea. — Estava em um museu em Nova York, mas foi vendido.

— Vendido?

— Teve um leilão alguns dias atrás. O anel foi um dos itens vendidos.

Ela olhou em volta, confusa.

— Tá... e para quem foi vendido? Podemos ir atrás dessa pessoa e contar do outro anel, e aí...

Eu sacudi a cabeça.

— O leilão tem uma cláusula de anonimato, eles não vão dizer quem comprou o anel. Pode estar em qualquer lugar do mundo agora. Com qualquer pessoa.

— Então... ele sumiu? Para sempre?

Meu coração disparou. Minha boca estava seca e eu sentia um nó no estômago que ia ficando cada vez mais apertado.

— Sinto muito, Bea.

Bea deu um passo para trás e se inclinou sobre o piano.

— Nova York... — disse lentamente. — Estava tão perto... e agora, pode estar em qualquer lugar.

Desviei o olhar dela. Percebi que estava brincando com o anel de novo, por reflexo, e me odiei por isso. Eu me odiava por muita coisa naquele momento.

— Ele poderia ter resolvido tudo — prosseguiu Bea. — Independentemente do que acontecesse depois que quebrássemos a maldição, eu não seria mais um fantasma... Eu não seria... isto.

— Mas você poderia morrer, Bea, tipo, de verdade. Talvez seja melhor assim, não?

Ela ficou me olhando.

— Lydia perguntou se você descobriu quando seria o leilão — ela pestanejou algumas vezes e franziu a testa. — Quando *você* descobriu a data?

Abri a boca, pronto para dizer que só soube depois que aconteceu. Pronto para mentir de novo e me esconder da escolha tola e egoísta que fiz...

Mas não consegui. Daquela vez, não pude. Notando a urgência na voz de Bea, vendo seu olhar preocupado, seus olhos correndo pela sala tentando encontrar uma maneira de sair daquele labirinto em que ela não sabia que eu mesmo a tinha colocado, eu finalmente desabei.

Não podia mais.

Respirei fundo e, lentamente, disse:

— Eu disse a Lydia que o leilão seria no fim do mês, mas... mas não é verdade.

— O que está querendo dizer?

Não consegui me obrigar a pronunciar as palavras. Apenas fiquei olhando para minhas mãos e esperando que ela entendesse.

Bea deu um passo cauteloso e hesitante em minha direção.

— Cole? *Você* sabia o dia do leilão? Antes de acontecer?

Eu me obriguei a parar de girar o anel em volta do meu dedo. Mordi o lábio. Meu coração parecia estar batendo um milhão de vezes por minuto.

— Cole... você não sabia, não é?

Eu não conseguia olhar nos olhos dela. não conseguia me mexer, nem respirar, nem mesmo falar.

— Cole...

Finalmente, levantei o olhar e fiz que sim com a cabeça.

Ela recuou e bateu a perna no banco do piano. Ele caiu e fez um barulhão que ecoou pela sala vazia.

— Por que não me contou? — perguntou em um sussurro.

— Eu não queria que você morresse, Bea — eu disse, sinceramente. — Quer dizer, eu não queria que você fosse embora *para sempre,* porque é isso que eu acho que aconteceria se nós...

— Como pôde não me contar?!

Ela me olhava de um jeito que eu nunca tinha visto antes. Toda a gentileza, a alegria, o amor que eu tinha me acostumado a ver nos olhos dela tinham sumido, e no lugar deles tinha algo muito ruim; um misto de medo e tristeza.

— Eu não queria que as coisas mudassem — eu disse, por fim. — Desculpe.

Eu sabia que as palavras não seriam, nem de longe, o suficiente, mas eram tudo que eu tinha.

Ela ficou olhando para as mãos. Tocou seu rosto, seus ombros, seus cabelos.

— Então, estou presa aqui... *assim*... invisível para todo o mundo, exceto para você... para sempre... e a culpa é *sua*!

— Bea, podemos ir para casa? Podemos conversar lá, eu não tive...

— Tire o anel — disse ela, com voz trêmula e lágrimas rolando por seu rosto.

— O quê?

— Tire. Deixe aqui e vá embora. Agora.

— Bea, desculpe, eu só não queria perder você, e...

Ela fungou e sacudiu a cabeça e, de repente, estava com o rosto colado no meu, com os olhos vermelhos e inchados. A tristeza e o medo tinham desaparecido, substituídos por uma raiva implacável:

— Não sou sua, Cole, como poderia me perder? Eu tinha uma vida! Por acaso acha que eu o estava assombrando para fazer que se sentisse melhor?! Ou para ajudá-lo com sua música?! Ou para fazer você se sentir menos sozinho ou para... — ela parou por um momento. — Eu o estava assombrando porque fui amaldiçoada, Cole! E você poderia ter me tirado dessa, mas não! — ela sacudiu a cabeça, ofegante, com os lábios trêmulos. — Já parou para pensar que essa maldição não tem nada a ver com você? Acaso acha que eu morri para ajudá-lo?!

Fiquei olhando para o chão. Ela estava chorando, e eu odiava ser o motivo. Não tinha nada que eu pudesse dizer. Nada que eu pudesse fazer.

— Não é justo que eu tenha morrido, mas que pessoas como você possam viver — ela me deu as costas. — Pelo menos, eu fazia algo da vida, não ficava sentada o dia todo esperando um fantasma vir me tirar da minha própria existência vazia.

— Bea...

Ela se virou e olhou para mim. Depois, olhou para o anel.

— Tire.

— Por favor, Bea, eu...

— Agora!

Devagar, tirei o anel do dedo. Bea desapareceu. Fui até onde ela estava e deixei o anel em cima do piano. Fiquei ali por mais um segundo, desejando, esperando desesperadamente que ela fizesse alguma coisa, qualquer coisa que sinalizasse que estava tudo bem. Que ficaríamos bem.

Mas não houve nada além do silêncio. Bea tinha sumido.

Dei meia-volta e fui embora.

* * *

A voz de mamãe chegou a mim, vinda da sala de estar, quando eu estava no corredor, pronto para subir a escada:

— Cole, sua amiga Lydia passou por aqui há alguns minutos. Pensei que você estava com ela na escola fazendo trabalho.

— Não, mãe, eu estava com... outra pessoa.

— Bem, acho que ela está indo para lá procurar você, avisa ela que já está em casa.

Eu não conseguia lidar com aquilo naquele momento. Meu cérebro não tinha espaço para nada além de Bea. Parei antes de chegar ao alto da escada e respondi.

— Está bem, mãe, vou ligar para ela...

Mamãe apareceu ao pé da escada.

— Está tudo bem?

— Tudo bem.

Fui para meu quarto sem dizer mais nada, fechei a porta e desabei de cara na cama.

Eu deveria ter contado a ela assim que Lydia me contou do leilão, mas não contei. No mínimo, poderia ter lhe contado depois do leilão e admitido meu erro. Mesmo *assim*, não contei.

Não, tive que esperar que ela descobrisse da pior maneira possível para só então perceber exatamente como eu era egocêntrico e idiota.

Eu me virei na cama. Abri a gaveta de minha mesa e peguei o álbum de fotos de Bea. Abri na última foto, Bea em frente à janela em arco de nosso quarto, dando aquele sorriso travesso para a câmera em algum mundo distante em preto e branco ao qual ela pertencia.

Foi naquela foto que a vi pela primeira vez. Sorrindo, feliz, despreocupada. Mas aquele sorriso desapareceu na Bea de verdade, e era tudo culpa minha, e não tinha nada que eu pudesse fazer para consertar meu erro.

Deixei o álbum de lado, levantei-me e notei *O grande Gatsby* em cima de minha mesa.

Sentei-me e abri meu notebook para refazer o trabalho sobre o livro; não por alguma inspiração divina, mas principalmente para poder pensar em absolutamente qualquer coisa que não fosse Bea e o mal que fiz a ela.

Fiquei olhando para a página em branco e rapidamente percebi que meu cérebro não cooperaria com meu plano. Ouvi uma leve batida na porta e, um segundo depois, mamãe a estava abrindo.

— Ocupado?

— Só... tentando fazer o trabalho de inglês.

Ela entrou no quarto e se sentou na cama ao meu lado.

— O que aconteceu na escola?

— Não aconteceu nada, mãe...

A expressão dela me dizia que ela não acreditava, mas não insistiu.

— Se você está dizendo...

Ela espiou por trás de mim e viu *O grande Gatsby* perto do notebook. Pegou-o e folheou as páginas.

— Ótimo livro... você acha que algum dia as escolas vão perceber que existem outros romances na língua inglesa?

— A história é muito boa — eu disse. — É que... o que mais tem para dizer sobre ele que já não foi dito?

— Bem... do que você acha que se trata?

— Todo mundo sabe do que se trata — eu disse.

Não estava nem um pouco a fim de debater sobre o livro *O grande Gatsby*, mas estava ainda menos a fim de contar a ela sobre Bea e tudo que aconteceu...

Eu me virei e vi o quadro de fotos na parede... e a foto de papai e eu tocando violão juntos.

— É sobre um cara que ama muito uma garota — comecei, com os olhos ainda na foto e aquela sensação familiar de vazio arranhando meu estômago de novo. — E ele sente falta do tempo em que estiveram juntos, porque foi, tipo, a época mais feliz da vida dele. Então, ele fica dando festas esperando que ela vá a uma delas para que possam ficar juntos de novo. Mas nada é como era antes, mesmo depois que eles se encontram, porque... bem, porque já são pessoas diferentes. Não tem como voltar ao passado. O que passou, passou e... nunca mais voltará. Não importa quantas festas você dê. Não importa o que faça.

Eu me virei e vi que minha mãe também estava olhando para a foto no quadro.

— E então, o cara perdeu a única coisa que fazia o universo fazer sentido para ele... e ele passou a dedicar a vida inteira a tentar recuperá-la, em vez de virar a página... ele não consegue, simplesmente não consegue, não importa o que faça... então, ele sempre se sente... incompleto. E no final, ele morre, ainda tentando trazer de volta aquele pedaço do passado que perdeu.

Nos entreolhamos e notei que seus olhos estavam marejados de lágrimas.

— Pois é... — disse ela.

Ela olhou para baixo e eu me virei para a foto de novo.

— Sinto falta dele — eu me peguei dizendo.

E antes mesmo de me dar conta, não consegui mais conter as lágrimas, e tudo aquilo que estava represado dentro de mim por tanto tempo escapou com uma força terrível.

— Sinto tanto a falta dele, mãe...

Mamãe passou o braço em volta de mim e me puxou para perto, e quando falou, sua voz também estava embargada de lágrimas.

— Sinto falta dele também, Cole. Sinto falta dele o tempo todo.

Choramos juntos, e no silêncio entre nossos soluços, de repente nos demos conta de todas as coisas não ditas que estavam suspensas entre nós desde o dia que aquilo aconteceu; todas as palavras que eu não disse a ela e que gostaria de ter dito, as conversas que poderíamos ter tido sobre ele, as coisas de que sentimos falta e que tivemos que sentir falta cada um no seu canto porque eu não suportava tocar no assunto, porque falar tornaria a coisa real e me faria sentir todas essas coisas que eu estava sentindo naquele momento e que tão desesperadamente não queria sentir. Na compreensão silente, nós dois vivemos a dor daquele momento e chegamos à mesma conclusão, sem palavras, com uma troca de olhar marejado: como tinha sido solitário e fútil sofrer pela morte da mesma pessoa em mundos separados.

E então, fizemos o que deveríamos ter feito desde que tudo aconteceu. Nós conversamos.

— Mas sabe por que sentimos falta dele? — disse mamãe, por fim. — Porque nós o amávamos.

Eu me afastei do abraço dela e a encarei. Ela enxugou os olhos e sorriu por entre as lágrimas.

— Se ele houvesse sido um babaca, nós estaríamos aliviados por ele ter partido.

Eu ri contra minha vontade, ainda fungando para conter as lágrimas.

— Mas ele não era — disse ela, olhando de novo para a foto no quadro. — Ele era incrível. Nos deu muitos momentos incríveis para relembrar. E o privilégio de sentir sua falta.

Observei o rosto de papai na fotografia; seus olhos olhando bem para a câmera, como se ele pudesse ver mamãe e eu olhando para ele naquele momento, em um futuro no qual ele não vivia.

— Mas não parece um privilégio — eu disse. — Parece só... uma maldade, errado e perverso. Tipo, que sentido tem? Se algo pode acabar assim, se ele pode morrer um dia do nada, então, por que se importar? Com qualquer coisa, com a vida, com acordar de manhã... nada realmente importa. Não é mais fácil simplesmente nunca se importar com nada? Assim, quando as coisas se forem, não sentiremos falta delas.

Mamãe se endireitou e pareceu refletir a respeito das minhas palavras por um momento. Até que disse:

— Bem, acho que você pode pensar assim: se ficar sentado observando sua vida passar, se nunca fizer nada, não for a lugar nenhum, não conhecer ninguém, não gostar de ninguém, aí sim, quando algo acabar, você não ficará triste. Você não sentirá nada, na verdade. Mas isso é uma vida feliz?

— Não é uma vida *infeliz*, pelo menos.

— Não, não é — disse mamãe, e afastou meu cabelo do rosto. — Mas não acredito que viemos a este mundo só para "não ser infelizes", Cole.

Enxuguei meus olhos.

— É que... estou cansado de estar triste.

— Não acredito que estejamos tristes — disse mamãe, depois de um momento.

Abri os braços e fiz um gesto amplo indicando o quarto onde estávamos os dois, chorando, nos últimos dez minutos.

— Olhe para nós! — eu disse. — Isto não é estar triste?!

Ela sacudiu a cabeça.

— Sentir falta de alguém dói, Cole — disse ela —, mas não é tristeza. A verdadeira tristeza é chegar ao fim da vida, olhar para trás e perceber que não sentimos falta de nada. Porque nunca fizemos nada nem conhecemos ninguém de quem valesse a pena sentir saudades — ela pegou minha mão. — Sentir saudades de alguém significa apenas que amamos essa pessoa. E se não houver outra razão que lhe ocorra para justificar por que estamos vivos, pelo menos há uma: para podermos amar.

Ela sorriu para mim e eu fiz que sim com a cabeça, e ficamos ali em silêncio por muito tempo, só absorvendo tudo que havíamos dito um ao outro, aceitando essa nova realidade que agora compartilhávamos.

— Você vai ficar bem? — perguntou mamãe, por fim.

Fiz que sim com a cabeça. Ela me deu um beijo na cabeça e se levantou. Eu sorri; ela saiu do quarto e fechou a porta suavemente.

Eu me virei para o quadro de fotos de novo. Olhei papai nos olhos, absorvendo aquele momento de nosso passado. Ouvi o débil som das cordas de seu violão harmonizando com as minhas, e o som de sua voz enquanto ele cantava, e vi minha mãe indo em nossa direção, sorrindo, levantando o celular para tirar uma foto nossa...

E por um breve segundo, eu poderia jurar que aquele momento não estava congelado em uma fotografia; estava ali em algum lugar, tão real e permanente quanto o presente, acontecendo ao lado de todas as outras coisas que já aconteceram, esculpidas em um ponto fixo no universo onde ficariam para sempre, brilhantes, sagradas e eternas.

Sorri.

Pela primeira vez, fiquei feliz por ter tido a chance de sentir falta de meu pai.

E me dei conta de que precisava consertar as coisas para Bea.

CAPÍTULO 27

Bea

Não sei quanto tempo fiquei sentada ali no chão, encostada em uma das pernas do piano, com os olhos no céu escuro do lado de fora da janela, batendo a cabeça contra a madeira atrás de mim, esfregando os olhos, me remexendo, fazendo qualquer coisa para tentar parar de pensar nas últimas horas.

Cole mentiu para mim. E não foi qualquer mentira; ele descobriu a coisa *mais importante* ao meu respeito e não me contou.

Não me interessava se ele tinha feito isso porque gostava de mim ou porque tinha medo de me perder, ou por qualquer outro motivo. Não importava.

Ele não tinha esse direito. Mas, mesmo assim, ele escondeu tudo de mim. E eu o odiava por isso. Eu o odiava porque isso significava que eu poderia continuar amaldiçoada pelo resto de minha existência, claro, mas o odiava, principalmente, porque sentia falta dele. Sentia falta do velho Cole, aquele do calçadão e de Nova York e das noites intermináveis ouvindo música juntos. Aquele que eu achava que conhecia antes de ele me trair. Eu sentia falta dele e o queria de volta. Queria tocar música com ele e conversar com ele e só ficar deitada na cama olhando para o teto com ele; mas isso tudo não existia mais, tinha acabado para sempre.

Imaginei a mim mesma sozinha naquela casa velha dali a mil anos, Cole teria ido embora há muito tempo, tudo estaria mudado, seria diferente e estranho. Quantas pessoas mais eu conheceria? Quantas encontrariam o anel, assim como Cole, me veriam, e falariam comigo? Algumas ficariam assustadas, claro. Mas outras não. E eu as conheceria, como conheci Cole, e nós conversaríamos, e os dias, meses e anos passariam, e talvez nos tornássemos amigos também, até que, assim como Cole, todos seguiriam seu caminho e eu seria apenas um episódio inexplicável e vagamente curioso na vida deles; uma sombra passageira, uma memória longínqua na mente de mil almas assombradas que viveriam sua vida até o apropriado fim.

Imaginei-me um espírito pálido, jovem só na aparência, cansado depois de milhares de anos de vida humana, amor, energia, esperança e sonhos que passavam por mim, parando brevemente em seu caminho rumo ao resto da vida que eu jamais viveria. Meus passos solitários ecoariam em corredores longos e escuros; paredes cobertas de rachaduras, mofo, musgo e trepadeiras se fechariam ao redor de mim enquanto o mundo continuaria girando e girando, e se despedaçando e se reconstruindo. Meses se transformariam em anos, anos se transformariam em séculos, e ainda assim, eu estaria lá: um espectro tênue e eterno preso no olho imóvel de um furacão de mudanças eternas, com meu brilho minguante amaldiçoado a escurecer e diminuir continuamente, mas sem nunca desaparecer completamente. Por quanto tempo eu manteria a lembrança de Cole? A voz dele ainda cantaria em minha cabeça depois que as paredes desmoronassem ao meu redor? Eu ainda tocaria meus lábios recordando nosso primeiro beijo depois que as fundações rachassem e as janelas se quebrassem, quando estivesse sozinha, exposta à intempérie, ainda presa nas ruínas de um passado mais feliz, esperando para sempre minha vez de não mais ser uma mera espectadora no teatro da experiência humana?

Eu tive uma vida própria, certa vez, e nunca senti tanta falta dela como sentia naquele momento. Meus pais, meus amigos, Spectral Valley — como eram antes, não aquele lugar novo e estranho. Fechei os olhos e chorei por todas essas coisas; cada canto da cidade, cada tarde preguiçosa com Nelson e os outros na escola, piqueniques com meus pais, até as aulas da sra. Edwards... Chorei por todas as coisas que poderiam ter sido e não foram, todos os momentos que nunca pude viver por causa daquele bonde e daquele anel.

E principalmente, fiz a única coisa que não fazia desde o dia que abri os olhos e me vi de volta em meu quarto após aquele breve e intenso encontro com um bonde:

Chorei o luto por mim mesma.

Eu estava com a cabeça encostada no piano, os olhos fechados, apenas ouvindo o silêncio da escola vazia depois de fechada, quando ouvi outra coisa:

Passos ecoando lá fora. Levantei-me e me virei. A escola deveria estar vazia àquela hora.

Mas lá estava: *tap, tap, tap* no corredor, cada vez mais alto.

Um segurança? Um professor?

Cole?

Os passos pareceram parar em frente à porta. Houve silêncio por um momento, até que uma voz feminina gritou:

— Cole? Cole!

Franzi a testa. Eu conhecia aquela voz, não conhecia?

Antes que pudesse ligar os pontos, a maçaneta girou e a porta se abriu, revelando...

Lydia.

Que sorte a minha.

— Cole? — ela chamou de novo e entrou na sala. — Sua mãe disse que você estava na escola, por acaso está a...

Ela se interrompeu, percebendo que a sala estava vazia. Olhou ao redor, e seus olhos passaram direto por mim. Ela deu meia-volta para sair, mas parou de repente.

Ela se virou e olhou bem para mim.

Fiquei paralisada.

Lydia deu passos confiantes em minha direção, com os olhos fixos em mim, se aproximando cada vez mais e mais e...

...passou através de mim, e aquela sensação esfuziante familiar percorreu meu corpo. Percebi que ela não estava olhando ou caminhando em minha direção, e sim em direção a...

— O anel... — disse ela, baixinho.

Ela pegou o anel que Cole deixou em cima do piano.

Fiquei ao lado dela, tentando decidir o que fazer. Deveria fazer alguma coisa?

Optei por ficar paradinha e esperar para ver o que aconteceria.

Ela brincou com o anel nas mãos por um momento, examinando-o de todos os ângulos.

Então, casualmente, colocou-o no dedo. E olhou ao redor.

Ela me viu e parou. Inclinou a cabeça para trás brevemente, não com medo nem surpresa, mas achando um pouco de graça.

Então, ela sorriu e ofereceu sua mão.

— Oi, eu sou Lydia. Você é o fantasma que assombra Cole?

CAPÍTULO 28

Cole

Primeiro, pensei em mandar uma mensagem para Lydia para ver se ela tinha alguma ideia de como resolver aquela bagunça. Mas imaginei que, como não era um problema sobrenatural — pelo menos não aquela parte específica da situação —, ela não poderia fazer nada. Eu teria que me virar sozinho.

Naveguei pela página do Museu de História Antiga de Nova York, clicando em todos os links e lendo todas as abas, tentando encontrar informações sobre o processo de leilão e quem poderia ter comprado o anel. Tinha algumas informações dos itens vendidos, o procedimento do leilão, pagamentos e contratos e coisas assim, mas nada que pudesse me ajudar. Procurei colecionadores de artefatos na área, mas não encontrei nada que ajudasse.

Fiquei andando de um lado para o outro no meu quarto, tentando pensar. Eu tinha que fazer alguma coisa. Já tinha chorado, negado e sentido pena de mim mesmo o suficiente; era hora de agir. Provavelmente tinha condenado Bea a ser um fantasma por toda a eternidade por meu próprio egoísmo e falta de perspectiva, e jurei por Deus que tentaria de tudo para corrigir meu erro. Mesmo sem saber como.

Quem compraria um anel amaldiçoado no leilão de um museu? Tinha algum tipo de encontro para esse tipo de pessoa?

Eu me sentei na cadeira do computador e abri meu notebook de novo. Digitei "encontros para pessoas que gostam de museu de coisas amaldiçoadas".

Mas não encontrei nada demais.

Então, tive outra ideia.

Entrei no site do Museu de História Antiga de Nova York mais uma vez e encontrei a seção CONTATO.

Rezando para o santo das causas perdidas, disquei o número e esperei.

— Bem-vindo ao Museu de História Antiga de Nova York... — disse a voz do outro lado da linha.

— Olá! Meu nome é Cole Sanchez, eu...

— ...nosso horário de funcionamento é de segunda a domingo, das 9h às...

Inflei as bochechas e desliguei o telefone. Tentei o outro número, mas recebi a mesma mensagem automática.

A cada segundo que passava sem nenhuma pista, o outro anel poderia estar ficando cada vez mais longe de nosso alcance. Eu não podia me dar ao luxo de esperar até "De segunda a domingo das 9h a hora nenhuma".

Então, tive outra ideia. Pesquisei no Google "Museu de História Antiga de Nova York + LinkedIn". A página estava cheia de resultados de pessoas aleatórias que citavam o museu como seu local de trabalho atual ou anterior. Pesquisei nome após nome e, contra todas as probabilidades, consegui encontrar algumas pessoas cujo número de telefone constava nas redes sociais.

Tá, eu estava errado. Aquele era o momento de rezar para o santo das causas impossíveis.

Disquei o primeiro número que encontrei.

— Alô?

— Sr. Fritz? Olá, senhor, como vai? Meu nome é Cole Sanchez...

— Quem é você? Como conseguiu este número?

— Ótima pergunta — pensei em minhas opções por um segundo. — Sou um admirador de história e artefatos antigos e soube que você trabalha como guia no Museu de História Antiga de Nova York...

— Não quero comprar nada.

— Não, não, não, não estou vendendo nada, eu só...

— Por favor, não me ligue mais.

Ele desligou. Desliguei o telefone e inflei as bochechas.

Tentei outro nome da busca:

— Alô?

— Srta. Anderson? Aqui é Cole Sanchez.

— Cole quem?

— Você não me conhece, mas eu...

— Então, por que está me ligando?

Clic.

E mais uma:

— Alô?

— Sra. George? Por favor, não desligue, meu nome é Cole Sanchez e sempre visito o Museu de História Antiga de Nova York; soube que você trabalha no departamento de pesquisa de lá.

— Tá... e daí?

— Obrigado. Obrigado por não desligar! — fiquei calado por um segundo, pois como não tinha chegado tão longe antes, não sabia bem como proceder. — É que... seu museu fez um leilão recentemente, no qual venderam certo item de grande interesse para mim.

— Tá...

— Existe alguma maneira de você... talvez... possivelmente... descobrir e me dizer quem comprou esse item em particular? Sei que tem uma cláusula de anonimato para essas vendas, mas eu esperava que você... não se importasse... com isso. Pode me dar uma mãozinha?

Eu realmente deveria ter pensado melhor.

— Isso é um golpe?

— Não! Não é um golpe, é só...

— Não ligue aqui de novo.

Eee... Clic.

Baixei a cabeça. Aquilo era inútil.

Não. Não posso desistir. Tenho que pensar em Bea. Devo isso a ela.

Olhei de novo para o notebook e continuei rolando a página. Encontrei outro nome, um tal de sr. Stewart, do Departamento de Assuntos Externos.

Lá vamos nós...

Disquei.

— Alô?

— Sr. Stewart? Olá. Meu nome é Cole Sanchez, por favor, não desligue. Sou aluno da Spectral Valley High, recentemente visitei o museu em que você trabalha...

Fez-se silêncio do outro lado da linha e prendi a respiração. Até que...

— O que posso fazer por você, sr. Sanchez?

Tá. Educado. Não desligou na minha cara. Este promete; não pise na bola, Cole.

— Eu... soube que vocês fizeram um leilão recentemente no museu...

— Desculpe, se você teve um problema com um item comprado no leilão, pode ligar para o museu no horário de expediente para...

— Não, não, não, não desligue, eu não tive problema nenhum — eu disse. — Está tudo bem!

Tá, talvez seja melhor não pedir para ele infringir a lei como na última ligação. Pense em outra coisa.

— Alô? Sr. Sanchez?

— Sim! Estou aqui — pensei depressa. — Escute, eu comprei um item no leilão. Sim, sou um colecionador de artefatos — limpei a garganta. — Além de, você sabe, um estudante do ensino médio. Sou um homem de muitas facetas.

— Tá...

— Eu estava pensando... veja bem, o item que comprei é um anel muito peculiar, uma aliança de ouro com um espaço oco, parte de um par, de acordo com a descrição.

— Sr. Sanchez, este é meu número pessoal. Como lhe disse, se tiver algum problema com sua compra, pode me ligar no Departamento de Assuntos Externos do museu durante o horário comercial e será um prazer...

— Não, não, não, espere! — eu disse, apressado. — É que... escute, eu só preciso saber... qual é meu nome?

— Como?

— Meu nome. Você pode me dizer meu nome? Eu sou o cara que comprou o anel de ouro.

— Você acabou de me dizer seu nome, sr. Sanchez.

Droga.

— Que tipo de brincadeira é esta? — disse o homem, cada vez mais impaciente. — Estou jantando com minha família.

— Não, não, não, não é brincadeira, não é piada, estou falando sério! Por favor.

Minha mente analisou todas as possibilidades. Não pise na bola; *Bea precisa de você.*

— É que comprei o anel no nome do meu tio. Por parte de mãe. Casado com a minha tia. Então, temos sobrenomes diferentes. E ele também é colecionador de artefatos. É uma coisa de família, mas isso não vem ao caso. Só preciso saber se escrevi o nome dele certo no formulário, sabe? Acho que escrevi errado, e seria terrível se o anel se perdesse e nunca chegasse até ele... Esse meu tio é muito bravo. Se pudesse confirmar o nome do comprador do anel para mim, eu ficaria muito...

— Olhe, não sei o que está querendo, mas vou desligar agora.

— Não, não desligue, você é minha última esperança, não desligue...

— Todos os itens vendidos no leilão serão postados amanhã de manhã depois de serem processados pelo Departamento de Assuntos Externos. Se tiver algum problema com sua compra, insisto novamente para que ligue durante o horário comercial...

— Não, não, não, não há problema com compra nenhuma! Ouça, ok, ok, eu menti, não comprei nada, mas tenho uma amiga fantasma, e ela é a pessoa mais incrível que já conheci na vida, e eu errei feio e provavelmente a condenei a uma existência amaldiçoada, e não consigo suportar a ideia de que eu possa ser a razão por ela estar triste um segundo sequer, muito menos por toda a eternidade. Então, você tem que me ajudar e me dizer onde está esse anel, porque é a única maneira de conseguirmos... espere aí. Você acabou de dizer que o anel será enviado amanhã?

— Por favor, apague meu número ou eu chamo a polícia.

Clic.

Larguei o telefone e olhei para meu reflexo na tela escura por um segundo.

Ainda não foi enviado.

Será enviado amanhã.

O outro anel ainda estava no museu.

Bea ainda tinha uma chance.

CAPÍTULO 29

Bea

Olhei do rosto sorridente de Lydia para sua mão estendida entre nós, sem ideia de como reagir.

— Eu... não posso tocar nas pessoas — eu disse, por fim, ainda olhando para sua mão. — Desculpe...

Ela puxou o braço para trás.

— Ah, claro! Isso é o básico sobre fantasmas, bobagem minha — ela acenou, então. — Como vai? Qual é seu nome?

— Bea — eu disse. — Eu... por que você não está assustada?

— Eu deveria estar assustada?

— Não sei. Eu sou um fantasma, então... acho que sim.

— Ah... tá — sua expressão mudou e ela fez uma careta exagerada. — Ai, meu Deus, um fantasma; e agora, o que vou fazer?! Espero que ela não me machuque.

— Eu não vou machucar você.

— Ótimo. Então, não tem motivo para eu ficar assustada, não é? — Lydia abriu um sorriso radiante. — Escute, você viu Cole? A mãe dele disse que ele estava na escola, mas eu procurei por todo lado e não consigo encontrar ele.

Revirei os olhos.

— Ele estava aqui, mas foi embora. Depois de me mostrar que é um grande babaca.

Lydia franziu a testa.

— Espere aí... então, vocês dois conversam?

— Não mais.

— Interessante... ele nunca me disse isso. Bem, eu sabia que ele estava sendo assombrado, mas pensei que fosse mais tipo lustres balançando, passos no corredor vazio, talvez uma aparição repentina atrás dele no espelho do armário do banheiro quando ele fecha a porta, esse tipo de coisa..., mas está dizendo que vocês dois estavam, tipo, interagindo?

Eu me afastei dela e me sentei no chão, me encostando no piano de novo.

— Nós ficamos amigos, mas... o que você tem a ver com isso?

Lydia se aproximou e se sentou ao meu lado.

— Por vários motivos. Primeiro, porque eu gosto de fantasmas. E você parece bem interessante. Quando você morreu? Não, não me diga, vou chutar! Pelas suas roupas e cabelo... acho que por volta de 1930? Talvez um pouco antes.

— Olha, agradeço seu interesse, mas queria ficar sozinha um pouco agora.

Ela me observou por um momento.

— O que aconteceu?

— Como assim?

— Você disse que não está mais falando com Cole, também o chamou de babaca, também está sozinha na sala de música da escola toda melancólica e mal-humorada, inclusive para um fantasma. Então, alguma coisa deve ter acontecido.

— Você pode, por favor, ir embora?

Eu desviei o olhar, mas ela não se mexeu. Simplesmente olhou para o anel que tinha no dedo.

— Vocês brigaram?

— Escuta, eu...

Olhei para ela de novo. Era estranho, depois de tanto tempo, ter alguém com quem conversar que não fosse Cole. Sacudi a cabeça.

— Foi você quem contou a ele da maldição do anel, não é?

— Ele disse que descobriu sozinho? Porque não descobriu, fui eu que descobri tudo.

— Não, é que... Cole me disse que tínhamos que devolver o anel ao seu par para quebrar a maldição. Mas o anel foi vendido em um leilão, e agora não sabemos onde ele está. E Cole sabia disso antes e não me contou.

Lydia concordou devagar com a cabeça.

— Achei estranho ele ter dito que o leilão foi adiado...

— É, ele mentiu para você também — sacudi a cabeça. — Enfim, não importa agora. O outro anel sumiu e estou presa assim para sempre.

Eu disse a ele para deixar o anel aqui e ir embora. Então pronto, agora ele é todo seu.

Ela inclinou a cabeça.

— Ele é todo meu? Como assim?

Olhei para ela de um jeito que dava a entender exatamente o que eu queria dizer.

Lydia se afastou um pouco, com uma cara de quem estava tentando resolver um problema matemático extremamente complexo. Então, ela soltou um riso breve. Depois, seu riso se transformou em uma grande risada.

— Espere aí! Você acha que eu gosto de Cole?! Tipo, daquele jeito?!

Eu não disse nada. Ela riu mais alto ainda. Deu um tapa no próprio joelho, aparentemente achando aquela ideia absolutamente hilária.

— Cara. Tipo... cara! Cara!

— Não sei o que você quer dizer me chamando de "cara" — eu disse, cruzando os braços.

— Eu não gosto de Cole — disse ela, por fim. — Não do *jeito* que pensa.

Olhei para ela. Ela estava sacudindo a cabeça como se aquela ideia fosse ridícula.

— Bem, ele é fofo, e legal, gosto dele como amigo e tal, mas... só isso. Ele não faz meu tipo, pode acreditar.

Ela se acalmou um pouco e ficou parada um instante, como se estivesse analisando algo.

— E tenho quase certeza de que também não sou o tipo dele. A aura dele nunca vibra esse tipo de sentimento quando está perto de mim. E é muito difícil não perceber essas vibrações.

Não deveria, mas essa informação me deixou feliz, pelo menos por um segundo.

Lydia franziu a testa.

— Espere aí, por que quer saber se eu gosto dele ou não?

— Não estou nem aí — eu disse rápido.

Lydia arregalou os olhos.

— Vocês dois estavam... juntos? Tipo, namorados?

— Esqueça isso, tá?

Lydia ficou boquiaberta.

— Isso é fascinante! Já ouvi falar de casos de relacionamentos entre espíritos, mas nunca pensei que poderia acontecer com uma pessoa conhecida.

— Nós não estávamos juntos, só... enfim, não importa. Ele não é quem eu pensava que era.

Ela deu umas batidinhas no anel que estava em seu dedo, distraidamente.

— É, foi péssimo ele não ter contado para você do leilão.

Levantei as sobrancelhas com um ar tipo, *ah, jura*?!

Lydia ficou pensando por um segundo, girando o anel distraidamente, até que disse:

— Mas faz sentido, agora...

— O que faz sentido?

— Como Cole ficou quando contei para ele do leilão. Eu achava que ele ficaria animado por descobrir como se livrar do fantasma que o estava assombrando, mas não ficou. Ele ficou... preocupado.

— Preocupado como?

— Preocupado, como se eu estivesse dizendo que ia tirar seu melhor amigo. Ele ficou, tipo, fazendo um monte de perguntas sobre o que aconteceria com você, e se você ia *morrer* e tal... Acho que pensar em perder você realmente o deixou assustado.

Fiquei pensando nisso por um momento. Então, sacudi a cabeça.

— Tá, mas, mesmo assim, ele não tinha o direito de fazer o que fez.

— Ah, não, não estou justificando, de jeito nenhum — disse Lydia. — A amaldiçoada é você. Se ele a conheceu e estava tipo, conversando com você e tal, e vocês estavam se pegando loucamente...

— Nós não estávamos "nos pegando loucamente"...

— Você disse que estavam juntos, então, presumi que pelo menos se beijaram...

— Eu prefiro não entrar em...

— *Como* vocês se beijaram, por falar nisso, se não podem se tocar?

— De novo, prefiro não entrar em...

— Meu Deus, é isso mesmo! O fantasma ganha materialidade na noite da data em que morreu para poder consertar o erro que cometeu! Vocês se beijaram no aniversário de sua morte, não foi?! Que romântico!

— Podemos voltar a falar sobre o comportamento babaca de Cole?

Lydia se calou um momento.

— Ele deveria ter contado. Só você deveria decidir o que fazer, a vida é sua. Bem... a morte. E você não pertence a Cole só porque ele encontrou este anel.

Concordei com a cabeça.

— Obrigada. Eu também acho.

— Mas não acho que ele mentiu de propósito ou porque é um babaca — ela se virou para mim, séria. — Acho que ele estava com muito, muito medo de perder você.

Revirei os olhos.

— Como *você* sabe?

— Porque desde que conheci Cole, mal o vi falar com ninguém na escola; nem em qualquer outro lugar, na verdade. — Ela parou de falar por um instante. — Ele é muito, muito solitário, acho. E se ele se relacionava com você... bem, não sei o que você fez para derrubar esse barreira, mas... foi a única que conseguiu.

Desviei o olhar. Pensei na primeira vez que Cole e eu nos vimos, e naquele primeiro dia que ele só queria que eu sumisse de perto dele. Então, os dias foram passando e fomos nos aproximando.

— Talvez ele tenha feito o que fez porque gosta de mim — eu disse —, mas, mesmo assim, isso não muda os fatos.

— Não, não muda...

Ficamos em silêncio um tempo, observando pela janela a noite tomar conta do céu e escurecer as árvores, o campo e a rua.

Depois de um tempo, Lydia estufou as bochechas e se levantou.

— Bem, isso tudo foi muito esclarecedor, mas tenho que ir. Meu avô encomendou um espelho que, supostamente, mostra nossos desejos mais profundos, e tenho que o ajudar a verificar se isso é real ou se foi só um fã de Harry Potter que nos pregou uma peça.

— Não sei quem é Harry Potter.

— Não, claro que não. Escute, sinto muito por você estar presa aqui; deve ser péssimo. Mas se descobrir onde está aquele outro anel e precisar da minha ajuda para chegar até ele, ou se tiver mais alguma coisa que eu possa fazer... bem, conte comigo.

Eu sorri. E naquele momento, tive que admitir:

— Obrigada, Lydia; você é uma garota legal.

— E você é um fantasma legal, Bea.

Ela sorriu, tirou o anel, colocou-o de volta em cima do piano e saiu. Fiquei de olho na janela e a vi entrar em um carro preto e verde de aspecto único, com as palavras BUMÓVEL escritas no para-brisa traseiro, e ir embora.

Então, ela se foi e eu fiquei sozinha de novo.

CAPÍTULO 30

Cole

Desci a escada tão rápido que quase tropecei em Norman e rolei escada abaixo. Ainda estava colocando o tênis, pulando em um pé só, enquanto jogava a jaqueta nos ombros e pegava as chaves de casa, quando mamãe gritou da cozinha:

— Aonde você vai com tanta pressa?

Parei. Passou por minha mente um monte de desculpas, até que finalmente escolhi uma:

— Eu... esqueci uma coisa na escola.

— O que você esqueceu?

— Meu... — quebrei a cabeça, mas não consegui pensar em nenhum objeto que poderia ter esquecido na escola. — Nada. Não esqueci nada, só vou me encontrar com Lydia.

— Na escola? Ela veio há mais de uma hora, acho que não está mais lá. Você a deixou esperando esse tempo todo? Cole, você deveria...

Ahhhhh, inferno!

— Mãe, não posso falar agora, tá? Tenho que salvar uma alma da condenação eterna por causa de uma maldição que é meio que culpa minha, não diretamente, mas que eu ajudei a piorar, por isso tenho que consertar, tá bem? Já volto!

Corri para fora e continuei correndo pela rua. A tarde estava chegando ao fim, a luz dos postes já iluminava o bairro. O museu ficava em Nova York, e se já não estivesse fechado, com certeza estaria quando chegássemos lá. E só abriria de novo no dia seguinte, e aí, seria tarde demais; o anel teria sido enviado, estaria fora de alcance para sempre, e eu não poderia fazer mais nada.

Mas não importava, tínhamos que tentar. *Eu* precisava tentar.

Entrei no prédio da escola pela porta dos fundos que ficava aberta para grupos de estudo e que Bea e eu usávamos com tanta frequência para entrar furtivamente e tocar música juntos antes dessa confusão toda.

Os corredores estavam vazios e escuros, e meus passos apressados em direção à sala de música ecoavam pelo prédio.

Parei na frente da porta. Estava fechada, mas vi que a luz ainda estava acesa lá dentro.

Respirei fundo, reunindo coragem para a próxima parte. *É agora ou nunca...*

Levei a mão à maçaneta, a girei lentamente, e entrei. Meus olhos imediatamente correram para o piano. Não vi o anel a princípio e, por um segundo desesperador, pensei que outra pessoa tivesse pegado e levado Bea com ela para Deus sabia onde.

Mas então o vi. O anel ainda estava lá, só que não bem onde o tinha deixado.

Então, Bea estava lá, naquela sala, comigo, naquele exato momento.

— Bea...

Antes que eu pudesse dizer mais alguma coisa, o anel flutuou no ar e ficou ameaçadoramente parado.

— Eu...

E então, ele voou pela sala e me acertou na testa.

— Ai! — peguei o anel do chão e o coloquei. — Tá, eu mereci essa.

Bea se materializou à minha frente. Ela estava perto do piano, com os braços cruzados e uma expressão de poucos amigos.

— Sim, você mereceu — disse ela. — O que está fazendo aqui?

— Escuta, sei que fui um babaca com você...

— Sim, você foi. De novo: o que está fazendo aqui?

— ... e nada que eu possa fazer ou dizer vai mudar isso...

— Não, não vai. Pela terceira vez, para quem ainda não ouviu: o que está fazendo aqui?

— ... e você não tem porquê me perdoar...

— Não, não tenho. Agora, o que...

— Pode, *por favor*, me deixar terminar uma frase? Estou tentando salvar sua alma, mulher!

Ela parou e ficou olhando para os pés. Então, deu de ombros e disse:

— Tudo bem. Mas seja rápido.

Cheguei mais perto dela.

— Eu liguei para o museu. O outro anel ainda está lá.

Ela se virou para mim com os olhos arregalados.

— Como assim o outro anel ainda está lá? — perguntou ela, com olhar cauteloso. — Você disse que foi vendido.

— Sim, foi vendido, mas ainda não foi entregue. Precisam fazer umas coisas primeiro, digitalizá-lo, retirá-lo do catálogo da coleção, dizer adeus, sei lá. A questão é...

— Que ainda podemos juntar os anéis se formos lá?

Concordei com a cabeça.

— Mas tem que ser esta noite. Vão enviar o anel para o comprador amanhã de manhã.

— O museu ainda está aberto?

— Com certeza não vai estar quando chegarmos lá. Mas talvez tenha um segurança com quem possamos conversar, ou podemos entrar furtivamente... — fiz um gesto em direção a ela. — Bem, você é imaterial, acho que isso facilitaria um pouco o processo.

Ela olhou para mim, depois para o outro lado, depois para mim de novo, empurrando o canto da boca com a língua. Ainda estava com raiva, isso era fácil de ver; mas algo dentro dela amoleceu, pelo menos um pouquinho, e ela deu um passo em minha direção.

— Isso não significa que o que você fez foi aceitável.

— Não acho que seja.

— Foi pura sorte que o outro anel ainda esteja lá. Ele poderia facilmente ter desaparecido e eu continuaria amaldiçoada vagando pela Terra para sempre por causa do seu egoísmo.

— Mais uma vez, desculpe.

— E não me interessa se fez isso porque você gosta de mim, porque...

— Eu não gosto de você, Bea. Eu amo você.

Eu nem sabia que ia dizer isso até dizer. Mas não tentei voltar atrás. Era verdade. Mais do que qualquer outra coisa que eu tinha dito na vida.

— Você... como é que é?

— Eu amo você, Bea. É tão óbvio, estou apaixonado por você desde a primeira vez que a vi. Não acredito que levei tanto tempo para descobrir.

Ela olhou para mim com os olhos arregalados e boca aberta como se fosse dizer algo, mas tivesse esquecido o que era.

— Bem...

— Nós temos que ir agora, sério — eu disse, relembrando que tínhamos um prazo muito apertado. — O anel será enviado amanhã, mas não sabemos se o tirarão do museu antes disso. Cada segundo que passamos aqui aumenta o risco de que levem aquele anel para outro lugar.

— Tá... tá — disse Bea, ainda meio perdida. — Vamos. Espere aí, como vamos para Nova York?

— Ônibus e trem são nossas melhores opções. Vamos demorar uma eternidade, mas não sei se temos outra escolha. Não posso pegar o carro da minha mãe sem que ela faça um monte de perguntas que não tenho como responder.

Comecei a ir para a porta, mas Bea parou de repente.

— Espere. Eu sei quem pode nos levar — disse ela.

Eu me virei e a encarei:

— Quem?

* * *

— O que quer dizer com *"agora* você a conhece"?! — exclamei enquanto Bea e eu corríamos pela rua.

— Ficamos amigas na sala de música. Ela apareceu depois que eu expulsei você.

— Vocês ficaram *amigas*?

— Principalmente pelos detalhes de minha experiência como fantasma, mas também pelo babaca que você é. — Bea sorriu. — Gostei dela; ela é o máximo.

Subimos os degraus do alpendre da Livraria do Sobrenatural de Spectral Valley. A loja estava fechada, mas as luzes estavam acesas no apartamento de cima.

Bati.

— Então você e Lydia são amigas agora?

Lydia abriu a porta antes que Bea pudesse responder.

— Oi, Cole...

Ela fechou os olhos, respirou fundo e levou a palma da mão à frente do rosto, como se tentasse sentir o ar ao nosso redor. Então, sorriu e disse:

— Oi, Bea.

Eu me virei para Bea. Ela deu de ombros.

— Diga a ela que eu disse "oi".

Eu sacudi a cabeça e me virei para Lydia.

— Oi. Escuta, Bea e eu temos um problema e sua ajuda seria muito bem-vinda.

— Cole... diga a ela que eu disse oi primeiro.

Revirei os olhos.

— Tudo bem. Lydia, Bea disse oi. Agora, Bea e eu temos um problema e sua ajuda seria muito bem-vinda.

Lydia fez que sim com a cabeça.

— É, eu sei que você mentiu para Bea sobre o leilão e o outro anel e agora ela está amaldiçoada a vagar pela Terra para sempre. Isso foi uma idiotice, Cole.

— Não, não é esse o problema — eu disse, e Bea me olhou feio. — Tudo bem, tudo bem, esse também, mas estamos tentando consertar tudo isso agora. Precisamos ir para Nova York. Você pode nos levar até lá?

— Você encontrou o outro anel?!

— Ainda está no museu. Mas temos que correr.

Lydia mordeu o lábio inferior, olhando ansiosamente para a porta da garagem ao lado da casa.

— Posso levar vocês lá, só não sei se posso ajudar com a parte da *pressa*...

— Como assim?

* * *

— Isso *não* pode ser o mais rápido que este carro consegue andar — eu disse dentro do BUMÓVEL que avançava pela rodovia na assustadora velocidade de 35 quilômetros por hora.

— Se eu andar mais rápido, o motor começa a superaquecer — disse Lydia, enquanto nós pulávamos e chacoalhávamos. — Como está Bea aí atrás?

— Estou ótima, Lyds, obrigada — disse Bea.

— Não a chame de Lyds — eu disse. — Por que você a está chamando de Lyds?

— Acho que Cole está incomodado com nossa amizade, Bea — disse Lydia, e virou a cabeça para olhar para o banco de trás. — Não acha? Ah, e pode me chamar de Lyds. Eu não ligo.

— Não estou incomodado com a amizade de vocês! É que...

— Você está muito incomodado por sermos amigas — disse Bea. — Diga a ela que eu também acho. Diga a Lyds que eu disse isso.

— Eu não vou... tá, Bea disse que também acha, mas quero enfatizar que eu não estou incomodado com...

— Pois é, não é? — disse Lydia, animada. — Ele é meio possessivo, reparou?

— Eu não sou possessivo!

— Meu Deus, ele é *muito* possessivo! — disse Bea. — Como eu nunca reparei? Cole, Cole, diga a ela! Diga a ela que eu disse que você é *muito* possessivo.

— Eu não vou dizer a ela...

— O que Bea está dizendo? Ela concordou que você é possessivo? Porque você é.

— Concordei, Lyds, eu concordei! Cole, pode, por favor, dizer à minha amiga o que eu estou dizendo?

Baixei a cabeça, derrotado.

— Bea disse que...

— Na verdade, seria mais fácil se você desse o anel para ela, assim podemos falar mal de você diretamente. Você está meio que atrapalhando.

— Eu não vou...

— Cole — disse Lydia. — O que Bea está dizendo?

Fechei os olhos e suspirei. Então, tirei o anel e o ofereci a Lydia.

— Toma...

E seguimos nosso caminho em direção à ponte e à cidade de Nova York. Bea e Lydia se divertiram horrores conversando enquanto eu ficava recostado no banco olhando a vista pela janela.

CAPÍTULO 31

Bea

Finalmente, chegamos a Manhattan. Lydia dirigiu por ruas escuras, grandes avenidas e becos estreitos, seguindo o mapa de seu telefone mágico. Não sei se era o tempo nublado ameaçando chuva, a vizinhança ou o que tínhamos ido fazer ali, mas as luzes noturnas de Nova York me pareciam especialmente brilhantes e quentes, passando devagar pela janela como um filme enquanto nos aproximávamos de nosso destino naquele carro engasgando.

Por fim, paramos diante de um grande edifício cercado por uma grade de metal em uma praça tranquila. Tinha alguns outros carros estacionados ao redor, mas ninguém mais à vista. Uma placa perto do portão dizia: MUSEU DE HISTÓRIA ANTIGA DE NOVA YORK.

— Muito bem, vocês dois vão lá — disse Lydia. — Vou ficar de vigia.

Ela se virou para o banco de trás.

— Vou devolver o anel para Cole agora. Você vai ficar bem?

Fiz um sinal de positivo para ela.

— Totalmente bem. Obrigada de novo, Lyds.

— Foi muito bom conhecer você, Bea. Se cuida.

Sorri. Ela tirou o anel e o entregou a Cole. Ele o colocou e sorriu quando me viu, mas parecia um pouco forçado.

— Está pronta?

— Vamos lá.

Saímos do carro e paramos na calçada de frente para o imponente museu. Eu já ia dar um passo à frente quando Lydia buzinou.

— Ei, Bea!

Cole e eu nos viramos. Ela abaixou a janela e gritou:

— Tente não roubar nenhum artefato amaldiçoado *deste* aqui!

Nós duas sorrimos. Lydia piscou para nós e fomos para o portão principal.

Era uma noite fria e, no céu, aquelas nuvens que prometiam chuva estavam bem baixas e pesadas. Atravessamos em silêncio a rua em direção ao grande edifício. A respiração de Cole se condensava à frente de sua boca a cada expiração.

Paramos em frente ao portão principal.

— Aqui estamos... — disse Cole.

Passei pelas barras de metal e Cole e eu continuamos andando pelo perímetro, separados pela grade, até encontrarmos um lugar onde ele pudesse escalar. Ele olhou ao redor para ter certeza de que estávamos sozinhos e foi subindo.

— Cuidado... — eu disse ao vê-lo quase perder o equilíbrio tentando escalar.

Mas logo ele passou por cima da grade e caiu ao meu lado com um baque leve.

Atravessamos o amplo pátio escuro, passamos por umas fontes e esculturas de pedra, olhando em todas as direções para ter certeza de que não tinha ninguém. Por fim, chegamos a uma escada de mármore na entrada do edifício que levava a uma grande porta dupla de madeira, também trancada.

Passei pelas portas, puxei a trava interna da fechadura e as abri, só o suficiente para Cole passar.

— Invadir um lugar com a ajuda de um fantasma é ridiculamente fácil — disse ele, entrando.

Giramos, observando o espaço. Estávamos em uma sala escura e cavernosa com um pé-direito alto e abobadado, de onde se abriam corredores acarpetados para a esquerda e a direita. Uma escadaria alta começava no centro da sala e se dividia na metade do caminho, levando a direções opostas no andar superior. Diante de nós estava o balcão de entrada, deserto, e à nossa esquerda uma loja de presentes fechada.

— Para que lado temos que ir? — perguntei.

— O cara com quem falei ao telefone disse que os itens do leilão estavam sendo processados pelo Departamento de Assuntos Externos.

Embora estivesse sussurrando, a voz de Cole ecoou pela sala vazia.

— Mas onde fica isso... bem, vamos ter que descobrir.

Cole acendeu uma lanterna no seu telefone mágico. Escolhemos o corredor à nossa esquerda. Era estreito e mais escuro que a sala anterior; a luz do telefone de Cole nos guiava, tremendo a cada passo que ele dava, revelando aqui e ali, enquanto passávamos, prateleiras cheias de artefatos antigos de cada lado.

Aquele lugar tinha uma atmosfera sinistra; cada escultura de rosto inexpressivo e olhos brancos, ferramenta antiga e pergaminho amarelado nas vitrines pareciam estranhamente vivos, como se todos estivessem testemunhando o que eu e Cole estávamos prestes a fazer. Aquilo me fez lembrar daquela vez no Museu de Spectral Valley, quando entrei furtivamente em uma área fechada, no dia que encontrei os anéis e tudo começou.

— Deve haver uma ala administrativa ou uma área onde as pessoas trabalham — sussurrou Cole. — Provavelmente é onde...

Congelei:

— Pare.

Cole se virou para mim.

— O que aconteceu?

— Apague a luz, tem alguém vindo.

Um segundo depois, ele ouviu também. Passos ecoavam pelo corredor, em algum lugar, no escuro. Ele apagou a luz do telefone.

— Está chegando mais perto.

Ele olhou ao redor, em pânico.

— Ali — apontei para um mostrador de madeira e vidro que chegava à altura de minha cintura, cheio de estatuetas antigas, à nossa esquerda.

Ele se escondeu atrás de uma das pontas, de costas para a parede.

Fiquei parada no corredor voltada para frente na escuridão. Os passos iam ficando mais altos, mas eu não conseguia ver nada, nem ninguém.

Finalmente, surgiu um halo de luz, vindo de uma passagem em arco. Logo surgiu um segurança baixinho com uma lanterna na mão. Ele virou o feixe de luz para o outro lado, depois para onde estávamos... e foi se aproximando.

— Ele está vindo para cá — eu disse.

Cole estava escondido, mas o display estava encostado na parede, então quando o guarda chegasse a nós, ele não teria para onde ir. Um corredor mais largo se abria à nossa direita e desaparecia no interior do museu, mas para chegar lá, Cole teria que sair do esconderijo e ficar à vista do segurança.

Os passos do guarda ficavam cada vez mais altos. Ele estava se aproximando depressa. Tínhamos que fazer alguma coisa, e com urgência.

— Fique aqui — eu disse a Cole.

Ele franziu a testa, mas antes que pudesse dizer alguma coisa, eu saí andando.

Fui em direção ao guarda. Passei direto por ele e continuei até pouco antes da passagem em arco de onde ele tinha saído. Respirei fundo, concentrei minha mente e bati o mais alto que pude na parede.

O guarda se deteve a poucos centímetros de onde Cole estava. Mais um passo e Cole estaria frito.

Bati na parede de novo, mais alto dessa vez.

O guarda deu meia-volta:

— Tem alguém aí? — disse, agitando o feixe de luz na minha direção.

Bati uma terceira vez. Ele começou a andar na minha direção, por fim, apontando a lanterna para a esquerda e a direita, examinando o corredor enquanto passava.

Passei por ele depressa e virei para Cole enquanto o segurança parava diante da passagem em arco e passava sua luz ao redor.

— Oi?! — disse ele. — Tem alguém aí?

— Vamos — eu disse a Cole, e fiz um gesto com a cabeça indicando o corredor à nossa direita. — É agora ou nunca.

Cole se levantou e correu pelo corredor e nós dois sumimos atrás de um canto assim que o segurança, confuso, virou a lanterna para nós.

— Essa foi por pouco — eu disse, enquanto alcançava Cole, e começamos a nos distanciar do homem.

— Boa ideia bater na parede — disse Cole. — Você é boa nisso.

— Não é a primeira vez que ando por onde não devo dentro de um museu.

— Bom, vamos torcer para que, desta vez, as coisas terminem melhor que da última.

Continuamos andando em silêncio, virando aqui e ali, pegando longos corredores, entrando em grandes salas cheias de prateleiras e vitrines envoltas na escuridão, sempre ouvindo atentamente os passos do segurança e nos certificando de que estávamos fora de seu alcance.

Foi uma longa busca. Pelo menos duas vezes passamos pelo mesmo mostrador e percebemos que estávamos andando em círculos.

Finalmente, subimos um lance de escada nos fundos do edifício e lá, acima de nossa cabeça, encontramos a placa:

Assuntos Externos

Seguimos a seta da placa em direção a um corredor estreito com várias portas, cada uma também com uma plaquinha. Logo nos encontramos diante de uma porta de vidro fosco com as palavras assuntos externos ao lado.

Atravessei o vidro e fui destrancar a porta, como antes. Só que, dessa vez...

— Não tem nada aqui — eu disse.

Olhei em volta procurando uma trava, uma maçaneta, mas só tinha um buraco de fechadura.

— Acho que precisamos de uma chave para abrir esta.

— Droga... — ouvi a voz de Cole do outro lado da porta; um sussurro abafado. — Está vendo uma chave em algum lugar?

Dei uma olhada ao redor. Estava dentro de um escritório escuro e abarrotado. Tinha duas grandes mesas de madeira, uma de frente para a outra, ambas cobertas de pilhas desorganizadas de papel, pastas e itens de papelaria variados. Nos fundos, uma abertura levava a uma grande sala que parecia estoque ou depósito, com estantes do chão ao teto, todas cheias de caixas etiquetadas dispostas lado a lado, como uma sala de provas da polícia.

O outro anel devia estar lá. Mas Cole estava com o nosso, e ele estava preso do lado de fora daquela porta trancada.

Procurei na mesa de madeira mais próxima de mim, empurrando papéis, olhando dentro dos porta-canetas, abrindo pastas e vasculhando as coisas dentro.

— Bea? — chamou Cole de trás da porta. — Achou?

— Não, mas tem muita coisa aqui, vai ter que esperar.

Virei uma pasta de cabeça para baixo e observei o conteúdo se espalhando pela mesa: clipes de papel, envelopes, montes de recibos grampeados... mas nada de chave.

— Não quero que fiquei preocupada — ouvi a voz de Cole de novo, já preocupada —, mas tenho quase certeza de que o segurança está vindo para cá.

Eu me virei de frente para a porta. Podia ver a silhueta de Cole através do vidro fosco, inquieto, olhando para trás e depois para a porta de novo.

E então, eu ouvi também: passos distantes e abafados que subiam a escada em nossa direção e se aproximavam.

De novo me virei para a mesa e continuei procurando a chave, mais rápido dessa vez. Abri as gavetas e vasculhei uma por uma: mais papéis, lápis, borrachas, grampeadores, abridores de cartas... mas nada de chave.

— Bea...

Os passos iam ficando mais altos a cada segundo.

— Estou tentando! Não pode se esconder enquanto eu procuro?!

— Não tenho para onde ir, a não ser de onde viemos — sussurrou ele. — E é de lá que o guarda está vindo!

Fui até a segunda mesa e comecei o processo de novo, empurrando os papéis para o lado e olhando dentro de tudo. Nada. Puxei as gavetas com tanta força dessa vez que elas saíram dos trilhos, derrubando tudo no chão. Ajoelhei-me e revirei tudo de olhos atentos a qualquer coisa que pudesse parecer uma chave.

Nada.

— Já estou vendo a luz da lanterna dele... — sussurrou Cole, nervoso.

— Ele vai virar e...

Mais uma vez me virei para a porta e foi quando vi... uma chave, pendurada em um porta-chaves a menos de dez centímetros da maçaneta.

Corri para a porta. Peguei a chave, mas estava tão nervosa que esqueci de focar a atenção e minha mão a atravessou. Parei, coloquei a mente em ordem e estendi a mão de novo.

— Bea... ele está aqui...

Consegui dessa vez; enfiei a chave no buraco da fechadura, girei-a e abri a porta. Cole correu para dentro como se sua vida dependesse disso. Ele tropeçou e caiu, mas fechei a porta bem quando o segurança virou em um canto e jogou sua luz onde Cole estivera um segundo antes.

Eu me recostei na porta.

— Jesus do céu...

Cole se levantou e ajeitou sua camisa.

— E aí, onde estava a chave?

— Muito escondida, em um lugar quase impossível de achar. Sorte sua eu ser tão boa em encontrar coisas.

Ele olhou para mim, depois para o porta-chaves perto da porta e levantou uma sobrancelha.

— Tá, desculpe. Às vezes, os lugares óbvios são os últimos em que pensamos! Mas deu tudo certo, não foi?

Fomos até a sala dos fundos, onde estavam todas aquelas caixas empilhadas nas prateleiras.

— Acho que é aqui que eles guardam as coisas que serão vendidas — eu disse.

Cole pegou seu telefone mágico e leu algo nele.

— Temos que encontrar o item X3-731.

Ele começou pela primeira fileira entre as estantes, então eu peguei a próxima; olhávamos de caixa em caixa, lendo as etiquetas, procurando a certa.

Era estranho estar ali, caminhando devagar, adentrando cada vez mais a sala dos fundos, lendo cada etiqueta, vislumbrando Cole na escuridão entre as caixas aqui e ali, sabendo que estávamos muito perto de acabar com aquilo...

Uma parte de mim meio que concordava com o que Cole tinha dito antes: que acabar com a maldição poderia me matar para sempre, assim, talvez fosse melhor deixar aquilo para lá. Eu não queria isso, claro; mas, estando tão perto, eu não conseguia deixar de me preocupar... Eu nunca tinha experimentado a morte, a morte *de verdade, final* e derradeira, do jeito que tinha que ser. Como seria quando Cole devolvesse o anel ao seu par? Doeria? Seria lento? Ou eu nem perceberia e então, *puf*, Bea não existiria mais e para sempre?

Na minha época, sempre que pensava na morte, eu me imaginava como uma senhora idosa, deitada em uma cama quentinha com minha família ou amigos ou quem mais eu tivesse ao meu lado no final, pensando em todas as coisas incríveis que tinha feito na vida e como a vivera ao máximo. Isso não me assustava. Mas era bem diferente estar cara a cara com meu próprio fim ali, naquela sala fria dos fundos, mais de cem anos depois de eu ter nascido e ainda cedo demais para ter feito todas as coisas que queria na vida. O que eu tinha, quando analisava meu passado? Dezessete anos imaginando como meu futuro seria incrível? Um futuro que nunca chegou por causa daquele bonde e do anel no dedo de Cole?

— Bea... Acho que encontrei.

A voz de Cole me pareceu distante, como se ele estivesse do outro lado do universo, não na mesma sala que eu. Ele apareceu no final da fileira em que eu estava segurando uma caixinha de madeira, e nós dois fomos indo para o fundo da sala, onde tinha uma mesa embaixo de uma janela aberta, banhada pelo luar prateado.

Demos a volta e ficamos de frente para a mesa. Cole colocou a caixa sobre ela. A etiqueta dizia:

X3-731 (1 de 2 — *localização do par: desconhecida*)

Cole respirou fundo, abriu a trava da caixa e levantou a tampa.

Ali, aninhado em uma fenda aberta em um leito de veludo azul, estava o anel de ouro com o espaço oco no meio que eu tinha visto pela última vez há mais de cem anos, no meu último dia viva no mundo. Ao lado dele tinha outra fenda, essa vazia.

— É isso — sussurrei, com uma sensação de irrealidade subindo por meu estômago até meu peito e se espalhando por meus braços. — Esse é o anel.

Ficamos olhando para ele um tempo; nenhum dos dois queria fazer o próximo movimento.

Por fim, Cole olhou para mim e sussurrou:

— Tem certeza que quer fazer isso, Bea?

Olhei para ele e só então percebi que estava chorando. Não tentei conter as lágrimas; não enxuguei os olhos nem funguei; apenas as deixei cair. Sorri para ele e fiz que sim com a cabeça.

— Estou pronta — eu disse.

Sua respiração saía trêmula e sua voz baixa e frágil.

— Está bem — disse ele.

Ele fungou e enxugou os olhos depressa, e percebi que ele estava se esforçando muito para não chorar também, para não me angustiar mais.

— Tá, então... ouça, Bea...

— Eu também amo você — eu disse, sem pensar duas vezes.

— O quê?

Fiquei na ponta dos pés e me aproximei dele; passei os braços em volta de seu pescoço, mesmo sem poder tocá-lo, e encostei meus lábios nos seus, mesmo que não se encontrassem, fechei os olhos, e senti aquela sensação esfuziante uma última vez. Deixei que ela tomasse conta de mim por inteiro, e naquele momento, não tinha nada além de mim e Cole no mundo inteiro, e eu sabia que mesmo se durasse apenas um segundo, seria para a vida toda.

Finalmente, dei um passo para trás e olhei para ele a tempo de vê-lo abrir os olhos.

— Você realmente acredita? — perguntei.

— Acredito em quê?

— Naqueles outros universos dos quais falou. Que em algum lugar estamos os dois vivos ao mesmo tempo. Onde nós dois somos felizes. Onde isto não está acontecendo.

Ele olhou pela janela por um momento. Tinha começado a chover, finalmente, e o tamborilar das gotas contra a janela tomava a sala com um ritmo vagamente hipnótico.

— Não sei, Bea. Não sei mais no que acredito.

— Talvez seja verdade — eu disse. — Talvez haja um final mais feliz para nós, mas não este. Não aqui e agora...

Ele olhou para mim com os olhos vermelhos, e eu observei seu rosto, tentando decorar cada pequeno detalhe. Seus olhos escuros, marejados. Seu cabelo ondulado emoldurando seu rosto. Seus lábios.

— Vou sentir sua falta, Garoto de Coração Pulsante.

Uma lágrima escorreu pelo seu rosto. Eu queria poder enxugá-la.

— Vou sentir sua falta também.

Ficamos nos olhando nos olhos durante muito tempo na sala silenciosa e parada, exceto pelo som das gotas de chuva batendo na janela.

Por fim, olhei para o anel em seu dedo mindinho.

— Está na hora.

Ele manteve o olhar em mim. Não se mexeu.

— Se você não fizer isso agora, vou perder a coragem — eu disse, dando uma risada nervosa.

Lentamente, Cole desviou o olhar.

Enxuguei os olhos.

— Tire... está tudo bem. Está tudo bem, sério. Eu vou ficar bem.

Eu me forcei a acreditar nas palavras enquanto as dizia.

Cole tocou o anel com a ponta dos dedos e me olhou pela última vez...

...e lentamente, começou a tirar o anel.

— Tchau, Cole — sussurrei, e não sei como, consegui sorrir.

— Tchau, Bea.

Fechei os olhos. Pensei em música, na vida, no amor, em meus pais tocando juntos nas festas em casa, nas oitavas de piano e nas lindas escalas musicais, e nas folhas de outono e rios fluindo, e no som de risadas, em um baile em Nova York e um charleston terrível no palco, em um avião voando baixo sobre um cemitério e em um primeiro beijo, e em...

CAPÍTULO 32

Cole

Tirei o anel e, quando ergui os olhos de novo, Bea tinha sumido. Fiquei ali por um momento, olhando para o lugar onde ela estava há pouco. Então, coloquei o anel no espaço vazio da caixa, ao lado de seu par. A pedra preciosa verde brilhou como se um fogo houvesse acendido dentro dela quando encaixei o anel, e então, lentamente, voltou à sua cor original.

Eu me virei para o espaço onde Bea estava há alguns instantes.

Lydia estava certa. Não me dei conta disso no tempo que passei com Bea, mas quando ela se foi, percebi que sua presença sempre esteve lá, que a podia sentir o tempo todo, mesmo sem estar usando o anel. Um sentimento profundo e vibrante permeava a sala inteira, como se o ar ao meu redor estivesse eletrificado.

Mas ela foi embora. E então, não tinha mais nada; nada de eletricidade, nem presença nenhuma.

Eu estava sozinho.

Fechei a caixa e a coloquei de volta na prateleira, em seu lugar.

Não me lembro de sair do museu. Nem me lembro de driblar o segurança nem de tentar encontrar o caminho de volta por aquele labirinto de corredores e salas. Devo ter feito tudo isso, porque, de repente, eu estava abrindo a porta do passageiro do BUMÓVEL e me sentando ao lado de Lydia.

— Como foi? — perguntou ela, baixinho.

Olhei para ela e acho que meus olhos responderam à sua pergunta, porque Lydia pegou minha mão e a apertou.

— Você fez a coisa certa, Cole.

Suspirei e olhei para o museu vazio e silencioso além dos portões. O lugar onde deixei o anel. O lugar onde deixei minha melhor amiga.

E quando Lydia ligou o carro e pegamos o caminho de volta para Spectral Valley, só me restava desejar que Bea não tivesse sentido muito medo no final.

* * *

Nem vi os dias seguintes passarem. Disse para minha mãe que estava doente e não fui na escola na sexta-feira. Na verdade, do momento em que Lydia me deixou em casa naquela noite, depois do museu, até domingo, eu não fiz muita coisa além de ficar deitado na cama, rolando sem parar os feeds de todas as minhas redes sociais tentando silenciar qualquer pensamento que ameaçasse surgir em minha cabeça, e vez ou outra descia a escada para me forçar a comer alguma coisa. Não conseguia nem ouvir música, porque me lembrava de Bea.

Não conseguia tirar da cabeça a noite no museu e o rosto de Bea pouco antes de eu tirar o anel. Por mais que ela tivesse dito que estava pronta, sabia que estava assustada. Pude ver em seus olhos, antes de fechar os meus, a incerteza, a ansiedade, a tristeza.

Ela não merecia aquilo. Ela não merecia nada daquilo; a maldição, o bonde, a assombração... nada daquilo era justo.

Ela deveria ter tido uma vida boa. Ou pelo menos um bom final. Mas o que ela ganhou? Passou seus últimos dias em uma época estranha, sem ninguém com quem conversar, exceto o garoto que quase a condenou a uma existência amaldiçoada eterna por causa de suas coisas mal resolvidas... e no fim, ele nem conseguiu salvá-la. A única coisa que ele pôde fazer foi oferecer um fim para seu sofrimento.

Não era justo.

Ouvi um leve barulho e ergui os olhos; encontrei Norman arranhando a porta e entrando no quarto. Ele olhou para mim, depois para si mesmo. Olhou embaixo da cama e atrás das cortinas, procurando alguma coisa. Alguém.

Ele deu uma patada na bolinha de borracha que estava no canto do quarto e a fez rolar em direção ao lugar onde Bea se sentava para brincar com ele. A bola rolou até parar e ficou ali, imóvel. Ele se sentou diante dela e ficou esperando, ansioso.

— Sinto muito, amigo — eu disse. — Ela foi embora.

Norman miou baixinho, desistiu e se enroscou perto da parede, mal-humorado.

Olhei para meu notebook, onde meu trabalho sobre *Gatsby* esperava ser concluído: uma página em branco. Eu tinha que começar, pelo menos para fazer minha mente se concentrar em outra coisa que não o vazio daquele quarto sem Bea.

Levantei-me e fui para minha mesa, mas notei que a gaveta estava entreaberta, revelando a ponta do antigo álbum de fotos de Bea. Contra todo bom senso, peguei o álbum e me sentei na cama com ele no colo.

Abri a capa, a lombada do livro rangeu levemente.

As palavras BEATRIX JENKINS estavam escritas no verso da capa, exatamente como eu me lembrava.

E ao lado, a primeira foto em preto e branco, amassada, de Bea ainda bebê, gordinha e fofa, com a data "1911" ao lado.

Folheei a curta vida de Bea, sentindo o nó em minha garganta ficando mais forte a cada página: O primeiro corte de cabelo de Bea. O quinto aniversário de Bea. O primeiro dia de aula de Bea. Bea em seu primeiro recital de piano.

Por fim, parei naquela foto em frente à janela. Bea usando o mesmo vestido que usava em seu breve tempo comigo, o cabelo curto acima dos ombros, aquele sorriso travesso no rosto que passei a conhecer tão bem e amar tanto.

Bea, 1928.

Observei cada centímetro da foto, disposto, contra toda razão, a trazê-la à vida, desejando fechar o álbum, erguer os olhos e encontrá-la ali à minha frente, brincando com Norman, feliz e viva e livre de sua maldição. Livre de todas as coisas injustas que aconteceram.

Prendi a respiração e olhei ao redor. Eu estava sozinho.

Fui fechar o álbum...

...mas algo chamou minha atenção.

Abri-o de novo.

Tinha algo saindo da página depois da foto de Bea de 1928. Algo que parecia a borda de outra foto.

Franzi a testa.

Lentamente, virei a página.

E ali, onde antes tinha apenas uma página em branco, tinha outra foto, enfiada em uma moldura de papel que sobressaía um pouco da borda do álbum.

Era Bea. Seu cabelo estava um pouco mais comprido que na última foto, suas bochechas inchadas para apagar as velas de um grande bolo de aniversário à frente dela.

E abaixo, as palavras: Bea completa 18 anos.

Franzi a testa. Dezoito anos? Bea não chegou a ter um décimo oitavo aniversário...

Mas eu já tinha passado para a página seguinte e lá estava Bea de novo, com o cabelo ainda mais comprido, usando uma beca de formatura, cercada por três amigas.

E embaixo: *Formatura do ensino médio de Bea.*

Virei a página de novo. Sem dúvida, ali estava Bea em um campus universitário ensolarado, acompanhada por um casal mais velho que presumi serem seus pais, apontando para uma placa no alto que dizia *Bem-vindos, turma de 1932*.

Continuei folheando o álbum e lá estava ela, de novo e de novo, um pouco mais velha a cada nova foto: nas arquibancadas durante um jogo de futebol na faculdade, levantando os olhos de um livro na biblioteca, dirigindo um carro em uma viagem com seus amigos...

Virei uma página e encontrei uma foto dela parada em frente a um avião monomotor, com um capacete de aviador e óculos de proteção; mais velha, mas com aquele mesmo sorriso de que me lembrava quando vimos o avião no cemitério.

Não pude conter uma leve risada; ela conseguiu, afinal. Virou piloto de avião, exatamente como me disse que queria.

Senti o nó em minha garganta se afrouxando enquanto virava a página de novo; meus olhos estavam marejados de lágrimas, eu nem tinha percebido.

A página seguinte não tinha foto, e sim um convite colado:

Sr. e sra. Jenkins e sr. e sra. Brown cordialmente convidam para o casamento de: Beatrix Jenkins e Nelson Brown.

Na página seguinte, tinha uma foto de uma Bea mais velha cortando um bolo de casamento enquanto um jovem de aparência gentil, de terno e chapéu, pousava a mão na dela. Embaixo dessa, outra foto mostrava Bea dando bolo para ele com as mãos, e embaixo, uma terceira foto onde ambos estavam rindo, espalhando bolo no rosto um do outro.

Fui folheando o álbum e vendo uma vida inteira passar diante dos meus olhos, imagem por imagem, como frames de um rolo de filme: A história de Bea

Ela foi ficando mais velha. E foi ficando maior; e Bea e Nelson se tornam Bea, Nelson e uma garotinha; e depois Bea ficou grande de novo, e então eram Bea, Nelson, a garotinha e um garotinho. Férias, jantares em família, comemorações, piqueniques, festas, bailes...

A última foto mostrava Bea e Nelson sentados em um sofá, de mãos dadas. A garotinha — que parecia ter uns seis ou sete anos — estava sentada ao lado de Bea, e o garotinho no colo do homem.

Ela estava mais velha nessa foto — quase quarenta, com certeza —, mas em seus olhos ainda ardia aquele mesmo fogo que vi quando coloquei o anel pela primeira vez. Seu sorriso era contido e sutil. Era digno, maduro, muito solene e adulto, mas a sugestão daquele sorriso maroto daquela primeira foto ainda estava ali para quem a conhecia bem.

Ela estava olhando bem para a câmera.

Diretamente para mim.

E parecia feliz.

Sim, ela parecia feliz.

CAPÍTULO 33

Bea

Senti uma pontada na boca do estômago, uma sensação de vertigem, o chão desaparecendo sob meus pés, uma descarga de adrenalina por todo meu corpo como um choque elétrico, e então...

Silêncio.

O som da chuva batendo na janela do depósito do museu parou de repente, substituído pela suave respiração de alguém parado perto de mim.

Abri os olhos. Cole?

Não. Não era Cole.

O segurança careca e de bigode estava à minha frente, com a lanterna pendurada ao lado e as duas mãos diante do corpo. Seus olhos estavam fechados e o cenho franzido em uma expressão de impaciência.

— Posso abrir os olhos, já?

Franzi a testa. Onde está Cole? Onde está o depósito do museu? Por que esse homem está falando comigo se um segundo atrás eu estava...

Então, em algum lugar nas profundezas de minha mente, eu me lembrei daquele momento. Eu tinha dito ao segurança que faria um truque de mágica para ele. Então, ele fechou os olhos. Para que eu pudesse voltar...

Olhei para minha mão e lá estava o anel de pedra preciosa; a esmeralda incrustada nele emitia aquela luz verde brilhante anormal. E à minha frente estava o mostrador com o outro anel; uma faixa de ouro com um espaço onde o segundo anel deveria encaixar.

— Senhorita? — o segurança ainda estava de olhos fechados. — Posso abrir os olhos?

— Ainda não...

Devagar, com medo de me mexer muito rápido e quebrar aquele misterioso feitiço, coloquei o anel de esmeralda ao lado de seu par atrás do vidro. A pedra preciosa fez um clic e encaixou elegantemente no espaço do outro anel e, por um segundo, emitiu uma luz verde mais brilhante, até que lentamente desapareceu e a cor voltou a ser a original.

Olhei para cima. O segurança abriu os olhos. Olhou de mim, para os anéis e para mim de novo.

— E então? — perguntou, irritado. — Qual é o truque de mágica?

* * *

— Então, o que encontrou? — perguntou Nelson quando o segurança me deixou de volta com meu grupo da escola.

O guia turístico e a sra. Edwards estavam na frente dos alunos, um de cada lado de um grande mostrador, e ele falava do significado histórico das coisas que estavam ali dentro.

— O quê? — perguntei, atordoada, olhando em volta.

— O que encontrou na área fechada? Não era lá que você ia entrar furtivamente?

— Eu... Nada, só... umas coisas velhas, acho.

Nelson olhou para mim, confuso.

— Você está bem? Parece que viu um fantasma, Bea.

O guia turístico apontou para uma fileira de colheres atrás do vidro. Sua voz me parecia distante:

— Este conjunto específico de talheres foi usado pela Família Real Holandesa do século XIII até o...

* * *

Na rua, fiquei olhando para os alunos que se reuniam em volta da sra. Edwards no final da escada. Olhei para o museu, depois para os alunos de novo, ainda tentando entender o que tinha acabado de acontecer.

Cole... e o anel... e Lydia... e Nova York... Cole quebrou a maldição... e eu voltei... isso significa que...

Em algum lugar distante, ouvi a voz da sra. Edwards.

— Organizados, todos, sigam-me.

Cheguei ao final da escada e fui atravessar a rua, com a cabeça virada para o museu, ainda tentando entender.

— Por aqui; e olhem para os dois lados antes de atravessar! — ecoou a voz da sra. Edwards do outro lado da rua.

Então ouvi a voz de Nelson, quando ele gritou:

— Bea, cuidado!

Eu estava quase descendo da calçada; dei um passo para trás e o bonde passou, com a campainha tilintando rápido; o vento levantou meu cabelo e agitou meu vestido, em uma dança selvagem, quando aquela coisa passou por mim.

— Você está bem? — perguntou Nelson, correndo para mim do outro lado da rua e pegando minha mão. — Jesus do céu, aquela coisa quase atropelou você, Bea!

— Quase... — repeti, lentamente.

— Vamos, temos que ir — disse Nelson, fazendo um movimento com a cabeça em direção à sra. Edwards e os demais alunos, e rapidamente deu um passo na direção deles.

Eu ergui os olhos; olhei para o museu de novo.

Eu estava em casa. E como Cole quebrou a maldição, eu tinha outra chance.

— Bea... vamos!

Eu me virei para ver Nelson, a sra. Edwards e os outros alunos, e toda uma vida.

CAPÍTULO 34

Cole

Tudo foi meio agitado nos dias seguintes. Terminei o trabalho sobre *O grande Gatsby* — dessa vez, fiz uma longa redação detalhando tudo que realmente pensava do livro. Escrevi que tinha certeza de que tinha muitas coisas interessantes a dizer dos temas e elementos sociais e políticos do livro, mas que o que mais me importava era a história de amor principal, portanto, focaria nela e somente nela. Escrevi que Gatsby era profundamente apaixonado e queria voltar àquele seu passado feliz, mas que o tempo não volta para ninguém, nem mesmo para homens ricos que dão festas loucas para encontrar as garotas que amam, e escrevi que a tragédia e a beleza da experiência humana estão na aceitação dessa natureza imutável da existência com a qual Gatsby nunca conseguiu lidar; que não podemos controlar o tempo em constante movimento, e que tentar reconstruir o passado com os restos do presente é uma tarefa tola, porque o rio no qual entramos uma segunda vez nunca é o mesmo que da primeira.

Tirei 10, acho que mais pela sinceridade do que pela qualidade da crítica literária. Mas estava valendo.

Comecei a passar mais tempo com Lydia, tanto na escola quanto fora dela. Não falávamos muito de Bea, mas era bom ter alguém para chamar de amiga, para variar. Também entrei no clube de estudos musicais da escola, e as aulas de improvisação logo se tornaram uma das minhas partes favoritas da semana. Até entrei em contato com meus velhos amigos de Nova York. Pedi desculpas por tê-los ignorado e disse que adoraria sair com eles de novo, e fizemos planos para nos encontrarmos da próxima vez que eu fosse à cidade.

Ofereceram um cargo melhor na universidade para minha mãe, e quando ela se sentou comigo para me contar, perguntou o que eu estava achando de Spectral Valley e da possibilidade de ficar ali para sempre.

— Sei que você não gostou muito da cidade de cara, mas...

— Eu adoro este lugar, mãe — eu disse, sinceramente. — E parabéns pela promoção!

Então, nós ficamos.

Dezembro passou como uma rajada de vento e neve. Minha mãe e eu fizemos um lindo jantar de Ano Novo em casa, com um bando de amigos dela da universidade. Lydia apareceu e ficou um pouco também, e todos nós conversamos, rimos e, curiosamente, acabamos discutindo durante o jantar a fama de Spectral Valley como ponto de encontro para se falar do sobrenatural.

— É muito legal poder comprar chaveiros de Spectral Valley com temas de fantasmas e duendes — disse a certa altura um dos amigos da minha mãe, um professor de barba grande e farta. — Mas ninguém aqui acredita em nada dessas coisas sobrenaturais, não é?

Lydia e eu trocamos olhares. Sorrimos, mas não dissemos nada.

Mais tarde, acompanhei Lydia até a porta e, enquanto ela descia os degraus em direção ao carro, chamei-a:

— Ei, Lydia.

Ela se virou.

— Obrigado.

— Por quê?

Dei de ombros.

— Por tudo.

Ela franziu a testa, abriu um sorriso caloroso, entrou em seu BUMÓVEL e foi embora curtir o pouco que restava da última noite do ano.

Subi os degraus em direção ao meu quarto, dando boa noite aos amigos de mamãe no caminho, enquanto eles pegavam suas coisas e se preparavam para ir a uma festa ou evento com fogos de artifício ou aonde quer que estivessem indo.

Em meu quarto, meus olhos encontraram meu antigo quadro de fotos, aquele que Bea derrubou no chão logo depois que nos mudamos, antes mesmo de eu saber quem ela era.

Observei as fotos. Momentos com meus velhos amigos de Nova York na escola, nos ensaios da banda, nas festas... fotos minhas quando bebê, eu com mamãe, eu sozinho... aquela foto minha e de papai brincando juntos...

Por fim, olhei para o último acréscimo, uma foto desbotada e craquelada, em preto e branco, que eu tirei de certo álbum de fotos antigo e prendi bem ao lado da minha com meu pai.

Aquela jovem e seu sorriso travesso olhando para mim de mais de cem anos atrás.

— Sinto sua falta... — eu disse, baixinho.

A foto continuou parada, como sempre esteve.

Ouvi uma batida atrás de mim e me virei; mamãe colocou a cabeça dentro do quarto, enrolando um cachecol no pescoço.

— Cole, tem certeza de que não quer vir conosco? Vamos ver os fogos de artifício no parque.

— Tudo bem, mãe — eu disse. — Divirta-se.

— Feliz Ano Novo...

Ela sorriu e fechou a porta.

Eu me virei para Bea.

Já tinha planos para aquela noite.

* * *

Apesar de ser tarde da noite, as ruas estavam cheias de gente; famílias a caminho do parque, do píer ou da praia, grupos de amigos bêbados passando garrafas, casais caminhando de mãos dadas, aproveitando a energia da última noite do ano.

Eu andava no contrafluxo, em direção à Spectral Valley High.

Entrei furtivamente pela mesma porta dos fundos que Bea e eu sempre usávamos e ouvi meus passos ecoando nos corredores escuros e silenciosos enquanto ia para a sala de música.

Entrei e parei ao lado do piano que Bea tocou comigo tantas vezes. Observei a sala ao redor — sua escuridão, seu silêncio, sua quietude agridoce sem Bea, a garota morta capaz de animar qualquer lugar em que estivesse.

Em outra vida, combinamos de passar o Ano Novo juntos. E apesar de Bea não estar mais ali, eu sentia que precisava cumprir minha parte do acordo.

CAPÍTULO 35

Bea

Eu disse aos meus pais que tinha que buscar uma coisa que tinha esquecido na casa de uma amiga. Mas, na verdade, fui direto para a escola.

Foi estranho, no começo, ver Nelson, meus amigos da escola e, principalmente, meus pais de novo. Para eles, o tempo não tinha passado, nada de estranho aconteceu; eu só fui na excursão da escola e voltei. Mas nesse meio-tempo, um mundo de coisas aconteceu para mim.

E eu me lembrava de tudo. Os anéis, o museu, a assombração, Lydia… e Cole.

E com tudo isso, eu também me lembrava de um compromisso que tinha marcado. Um encontro no qual eu não poderia estar exatamente presente — não do jeito que imaginei —, mas sentia que precisava fazer o possível para comparecer.

Entrei furtivamente na escola e fui para a sala de música.

CAPÍTULO 36

Cole

Peguei um dos violões acústicos da parede, sentei-me em um banquinho ao lado do piano e me virei para a janela, de onde dava para ver o parque da cidade à distância. Toquei algumas notas no violão, distraído. Eu não sabia bem por que estava fazendo aquilo. Qual era o sentido? Bea foi embora. Sim, ela conseguiu viver o resto de sua vida, mas em outra época. Àquela altura, ela já estava morta há muito tempo, sem que o bonde tivesse sido responsável por isso. O tempo não voltou para Gatsby e Daisy, e certamente não voltaria para nós dois. Ela teve a vida dela na década de 1920, e eu a minha no século XXI, e nunca cruzaríamos o abismo entre nós. Então, por que eu estava ali?

Além da janela, começaram os fogos de artifício. Olhei para cima e vi grandes coroas vermelhas, azuis e verdes estourando sobre a copa distante das árvores do parque, e lentamente chovendo como estrelas cadentes coloridas, tingindo a cidade de um brilho de luzes multicoloridas antes de desaparecer na escuridão: *pop, pop, pop.*

Outro ano estava começando.

Eu senti algo. Um sentimento profundo e vibrante que tomou conta de toda a sala, como se o ar ao meu redor estivesse eletrificado.

CAPÍTULO 37

Bea

Entrei na sala e fui até o piano, muito mais novo e bonito do que no tempo que eu passei com Cole.

Sentei-me no banco, mas antes que pudesse pensar em algo para tocar, ouvi um estouro e olhei para cima e vi, pela janela, que um novo ano tinha acabado de começar; os primeiros fogos de artifício estouravam no céu distante acima do parque Spectral Valley.

Assisti ao show de luzes além do vidro e pensei em Cole, lá fora, em algum lugar, em seu estranho futuro: meu breve amor, aquele que eu assombrei e que agora me assombrava, aquele que me viu, ouviu, libertou, me condenou, salvou e me fez sentir coisas que eu nunca tinha sentido por ninguém. Enquanto as luzes do Ano Novo pintavam o horizonte de vermelho, amarelo, verde e branco com um milhão de faíscas incandescentes, vi nossa vida se estendendo em contraste com o céu escuro como trilhas de fogos de artifício: novos empregos, viagens, casas, casamentos, festas, amigos, promoções, filhos, netos... Duas histórias inteiras correndo em linhas paralelas, sempre para frente, sem nunca se tocar, desdobrando-se tão incrivelmente quanto todas as vidas que se desenrolam na tela do universo.

Eu mudaria com os anos, e ele também; nós dois cresceríamos e nos tornaríamos as pessoas que estávamos destinados a nos tornar, fossem quem fossem. Mas eu sabia, naquele momento, que independente do que acontecesse com cada um de nós em nossos diferentes futuros, eu o levaria comigo pelo resto da vida — meu Garoto de Coração Pulsante, meu terrível dançarino de charleston, meu amor através dos tempos.

E onde quer que ele terminasse sua própria jornada, aonde quer que a vida o levasse, eu desejava que ele encontrasse a felicidade que merecia. Desejava de verdade.

Toquei uma tecla do piano. Ela ecoou suavemente na sala silenciosa e vazia.

E por um breve momento, pensei ter sentido uma sensação familiar.

Uma sensação esfuziante subindo por minha mão, como champanhe correndo por minhas veias.

Mas sumiu logo em seguida.

CAPÍTULO 38

Cole

A nota do piano ecoou tão suavemente que não sabia se realmente a ouvi ou se foi minha imaginação. Coloquei minha mão na tecla certa e, por um breve momento, pensei ter sentido aquela sensação esfuziante que acontecia sempre que Bea e eu tentávamos nos tocar.

Mal pude processar aquilo e sumiu.

E ali mesmo, de repente, eu soube. Eu sabia por que estava lá. Sabia por que fui.

Bea estava certa. Enfim entendi. Não eram necessários múltiplos universos ou outras versões de mim e dela em algum lugar, ou uma propagação infinita de partículas flutuando aleatoriamente para que as coisas fizessem sentido. A vida não surgiu do caos aleatório. Não veio de nada, porque não precisava vir de nada.

Este mundo apenas **é**. E dentro de sua existência inexplicável e incompreensível, contém cada causa e efeito, cada segundo de cada minuto de cada dia e todas as coisas que já aconteceram e acontecerão — cada canto de pássaro, latido de cachorro, erupção de vulcão, música tocada, primeiro beijo, última briga, lágrima, sorriso e risada, está tudo aqui, eterno, sequências musicais em uma canção sem fim cuja melodia insondável nenhum de nós pode ouvir em sua totalidade.

Temos algumas notas, nada mais. Alguns compassos na partitura da existência. Um verso ou um refrão. Uma mudança de tom ou uma quebra no andamento, se tivermos sorte. E então, nosso tempo acaba. Mas a canção permanece; ela se estende antes e além em direção a lugares desconhecidos, para sempre.

Bea não se foi, e nem eu. Cada um dos nossos momentos — a primeira vez que nos vimos, as noites ouvindo música juntos, a festa em Nova

York, o primeiro beijo, o cemitério, nosso último adeus, eu me sentindo a pessoa mais sortuda do mundo sempre que ela sorria e sempre que olhava para mim —, tudo isso estava vivo, real e eterno, gravado para sempre na música do universo.

Fechei os olhos e deixei que, fosse qual fosse a força que soprasse a vida no ser, me levasse de volta. Por trás de minhas pálpebras, mil luzes dançantes nadavam em um oceano preto como mil estrelas de formas estranhas, até que, lentamente, se juntaram e tomaram forma; vi uma grande sala, toda vestida de ouro e prata, um enorme lustre pendurado no teto, e uma fonte de champanhe feita de taças de cristal refletindo a luz das bolas de discoteca que giravam acima. Vi balões e confetes espalhados no chão pegajoso, e senti o ar quente e parado pairando na sala como perfume velho. E no meio de tudo isso, vi duas pequenas figuras, a cabeça de uma no ombro da outra, o mundo ao redor delas um borrão de nada, enquanto elas chutavam os destroços da festa a cada passo, uma em volta da outra, balançando lentamente ao ritmo de uma música que só elas podiam ouvir.

Em certo ponto da história do universo há um salão de baile, e Bea e eu estamos lá.

Nós ainda estamos lá. Nós sempre estaremos lá.

O passado não é passado, e o futuro não é futuro. Tudo acontece ao mesmo tempo. Tudo é eterno. Eu amava Bea e Bea me amava, e juntos, nós já fomos uma breve forma na argila de todas as coisas. Tudo aquilo aconteceu. Tudo aquilo foi real.

E em algum lugar além da névoa, em um lugar onde nada nunca se perde, nossa música ainda toca, mesmo sem ninguém por perto para ouvi-la.

ASSINE NOSSA NEWSLETTER E RECEBA
INFORMAÇÕES DE TODOS OS LANÇAMENTOS

www.faroeditorial.com.br

CAMPANHA

Há um grande número de pessoas vivendo com HIV e hepatites virais que não se trata. Gratuito e sigiloso, fazer o teste de HIV e hepatite é mais rápido do que ler um livro.
FAÇA O TESTE. NÃO FIQUE NA DÚVIDA!

ESTA OBRA FOI IMPRESSA
EM ABRIL DE 2025
PELA GRÁFICA HROSA